顔は極上のクズな王子様は初夜のための花嫁開発に熱心です

溺愛だけはあるらしい

森本あき

Illustration
ことね壱花

蜜猫
MitsuNeko

contents

イラスト／ことね壱花

顔は極上のクズな王子様は初夜のための花嫁開発に熱心です

溺愛だけはあるらしい

幸せな結婚をしたい。
子供のころから、そう思っていた。
自分の立場だと、それが簡単じゃないこともわかっている。
でもね、さすがに、これはありえなくない?

第一章

「ん…あっ…やめっ…」

ロージー・コンプトンはぶんぶんと首を横にふった。

「やめるわけがないだろう」

ジュリアーノ・ヴィスコンティが、ふふん、と笑う。

そのバカにしたような笑い方がいつも腹立たしい。

「慣れてもらわないと困るんだよ、お姫様」

たしかに、ロージーはお姫様ではある。ここオルラン国の隣に位置し、オルラン国に比べればとてもとても小さな国であるメルリ国の国王の娘。

だけど、この、お姫様、は完全なるいやみ。

あなただって王子様でしょ！　と言い返したところで、なんのいやみにもならないところも腹が立つ。

ジュリアーノはオルラン国の王子ではあるが王位継承者ではない、とても気楽な立場だ。王位継承者にはなりたくなかったようで、いまの地位を存分に楽しんでいる。

そういうところも、なんだかいやだ。

ほかにどこがいやかというと、自分が世界の中心とでも思っているかのような傲慢さと、他人を好き勝手にしていいと考えている不遜《ふそん》さと、自分が世界で一番かっこいいと自称しているところ。

いやなところだらけ。

かっこいいのは、まあ、認めてあげなくもない。銀色の髪がそもそもめずらしいし、それがとても似合っている。顔はしゅっとしていて、切れ長の目、すっと通った鼻筋、高い鼻、薄めの唇がきれいに配置されている。目の色はグレーで、それも銀髪に映える。

銀髪っていうのがずるいと思う。銀色の髪はオルラン国の王族にたまにある突然変異らしい。なので、支配階級の強さみたいなものを感じる。この国の生まれではないロージーも、銀の髪を見るたびにはっとする。

ロージーの国に銀髪の人はいなかった。だから、ジュリアーノの銀髪を見ると、わ…、と反応してしまう。

この、わ…、は自分でもよくわからない感情だ。

すごい、なのか、きれい、なのか、怖い、なのか、判断がつかない。

ロージーはアッシュブロンドで、それをとても気に入っている。少し丸い顔も大きな目もちょっと丸めな鼻もどちらかというと大きい口も、それはそれでいいと思っている。もうちょっと鼻がすっとしてればなあ、と鏡とにらめっこするときもあるけれど、自分の顔がきらいじゃないのはいいことだ。それなりにかわいいと思うし、周囲にも、かわいい、かわいい、と言われて育ってきた。

とはいえ、どこかのバカみたいに、わたしが一番かわいい、なんて言ったりはしない。

「集中しろ」

ジュリアーノが、ぐい、と小さな器具を奥に進めた。

「いやぁ…っ…」

ロージーは体をのけぞらせる。

ここはロージーが一時的に住んでいる部屋だ。かなり豪華な造りで部屋自体はとても気に入っている。気に入らないのは、いまの状況。

ベッドもあるのになぜかロージーは飾り棚の前に立たされていた。ドレスのスカートをまくりあげられて、下着を脱がされ、大事なところに器具を入れられている。

はじめてオルラン国にきてから、すでに一ヶ月が経過していた。その間、ジュリアーノにいろいろされてはいるのだけれど、本当の意味で手を出されてはいない。

つまり、性交はしていない。最後の一線を越えていない。

処女は痛がるから、こっちまで萎《な》える。

はじめてこの部屋に訪れてきたとき、ジュリアーノにそう言われた。わざわざ部屋までやってきて言うことなの？　とあきれると同時に、やった、とも思った。

ジュリアーノが、おまえとは性交をしたくない、と宣言したと思ったのだ。

ロージーやジュリアーノのような立場だと、会ったことのないまま親の決めた相手と結婚するのが当たり前。結婚相手がどういう人かもわからないし、家柄の釣り合いが取れていればそれでいい。愛のある結婚なんて幻想だ。ごくごくまれに結婚相手と恋に落ちて幸せな結婚生活を送る人たちもいるが、ほとんどの夫婦は関係が破綻している。

ロージーの親は、その、ごくごくまれに発生する幸せな夫婦だった。おたがいを思いやり、慈しみあい、穏やかな日常を過ごす。

そんな両親を見て育ってきたので、ロージーもそういう結婚をしたいと思っていた。尊敬できる相手と幸せに暮らしていきたい、と。

なのに、その夢はついえてしまった。

だって、結婚相手はこんな人。

本当に最悪。

それでも、形式的な結婚ならかまわない。ジュリアーノがロージーに興味を抱かず、処女だからめんどくさい、と放っておかれて、夫婦という形は維持したまま、いつかジュリアーノじゃないだれかと恋に落ちる。

それがいまの理想だ。

ジュリアーノはジュリアーノで好きにやるだろう。恋多き王子と呼ばれるぐらいだし、いままで醜聞《しゅうぶん》は無数にあった。

王位継承者ではないからか、たくさんの火遊びも肯定的にとらえられている。ジュリアーノのかっこよさで目をつぶってもらえているというのもあるかもしれない。ジュリアーノの肖像画が高額で売られるぐらいだ。それだけ、人気がある。相手を見つけるのに苦労なんてしないだろう。

「おい」

今度は器具を抜かれた。押し込まれても、抜かれても、膣壁がこすられるので、どっちにしろ反応してしまう。

「ひっ…ん…」

ロージーの体が、びくん、と震える。

「ぼーっとするな」

「してないわ…よ…っ…」

考えごとをしていただけだ。

「きちんと慣らして、初夜を迎えなきゃいけないんだからな」

そんなの迎えたくない。

ジュリアーノは、処女はめんどくさい、と言った。だから、性交をしなくてもいいものだと安心していた。

なのに、どうやらちがったらしい。ジュリアーノは、二人ともが楽しい初夜になるためにはおまえの体を開発しないとな、とロージーが想像もしていなかったことを言ってのけて、この一ヶ月、実際にそうしている。

本当によけいなお世話。楽しい初夜になんてなるわけがない。そもそも初夜を迎えたくない。その前に結婚したくない。

だけど、そんなわけにはいかない。

ロージーにはロージーの事情がある。

結婚式は約二ヶ月後、オルラン国の建国記念日である十一月半ばに予定されている。王族の結婚式は、代々、その日に行われることになっているようだ。

結婚式には国中から大勢の人たちが王宮に集まってくる。たくさんの人に祝福されて、人生で一番幸せな日になる、らしい。

まったく幸せになれる気がしないけど。

だって、相手がこんな人だし。

「初夜を迎えないっていう手もあるのよ」

何度も言ったことを、また告げる。

「最初で最後の結婚なのに、初夜を迎えないなんてあるわけがないだろう」

そう、王族の離婚は承認されていない。いったん結婚したら、何があっても添い遂げる。

死が二人を分かつまで、だ。

「あと二ヶ月しかないんだからちゃんとやれ」

ちゃんとなんてしたくない。できるなら、ここから逃げたい。

じゃあ、どこに？

両親のところに？

そんなの無理だ。

だから、ここにいる。

逃げずに、いる。

ロージーは小さくため息をついた。

現実も人生も、とことん厳しい。


さっきまでロージーの膣《ちつ》の中に入っていたのは、細くて小さい木製の器具。形としては円錐《えんすい》だが、ところどころ丸くなったりへこんだりしている。大きさはジュリアーノの手にすっぽりと収まるぐらい。それに紐《ひも》がついている。

抜けなくなったら困るだろう?

にっこり笑ってそう言われたときの恥ずかしさといったら!

どうして、こんなことをしなければならないのか、やっぱりわからない。

なんにも入ったことがない狭い部分を広げるためだったり、膣に何かを入れる違和感を解消するためだったり、いろいろと目的はあるらしいが、ロージーにしてみたら、よけいなお世話以外のなにものでもない。狭い部分は狭いままにしておいてほしいし、違和感もあってくれていい。

そもそも性交をしたくない。

「足を開け」

ドレスのスカートをまたまくられて、そう言われた。器具を抜かれた瞬間に足を閉じていたのだ。

いやよ。

その言葉はぐっとのみこむ。

そんなことを言ったところでどうにもならない。ジュリアーノはやりたいようにやる。抵抗してもムダだと、この一ヶ月で思い知らされた。

ロージーだって、できるかぎりのことはしてきた。洋服を脱がされそうになったらその手を払ったり、体のあちこちを触られて逃げようとしたり、実際に逃げたり、しばらく隠れてみたり。

　それでも、この立場だとどうしようもない。

　結婚したくないなら、それでいい。無理に結婚せずともかまわない。結婚前ならいくらでも破談にできる。国民は結婚式を楽しみにしているが、破談というスキャンダルはもっと楽しむしな。おまえの好きにしろ。

　そう言われてしまうと、抵抗できなくなる。

　だって、結婚はしなければならないから。

　手を払うのをやめて、逃げるのもやめて、隠れた場所から出てきて。

　ジュリアーノのやりたいようにやらせる。

　それでも、簡単に思いどおりになるなんて思われたくないから抵抗はしつづけている。ジュリアーノがめんどくさくなって、初夜なんて知るか、もうロージーとは仮面夫婦でいく、とあきらめてくれればいい。

　なのに、うまくいかない。

　これまでのどの女ともちがう。そこまで意地っ張りで強気だと逆におもしろい。

　ついこの間、そんなことを言われてしまった。

　だったら、従順になろうかとも考えたけれど、それもそれで悔しい。

　どうしたらいいんだろう。

ただし、いまは…、できることはなんにもない。

ロージーはあきらめて、いやいやながら足を開いた。

「入れるぞ」

いやよ。絶対にいや。

そんな心の声もむなしく、器具が蜜口に当てられる。

「ん…っ…」

それだけで声がこぼれた。

ぐっと押し込まれて、するり、と器具が膣の中に潜り込む。

「やっ…だめ…あぁ…ん…」

ロージーは飾り棚をぎゅっとつかんだ。

「さっきよりも簡単に入ったな」

からかうように言われて、ロージーの頬《ほお》がカッと熱くなった。ジュリアーノが意地悪なのはいつものことで、それに対して恥じらったりすると喜ぶ。

わかっているから反応したくないのに、こういうことに慣れていないから、どうしても顔や態度に出てしまう。

「中がゆるんできているのはいいことだ」

膣に何かを入れられるのは、これがはじめてではない。

最初に入れられたのは細い棒のようなもの。指よりも細くて、指よりも長い。あれは何でできていたんだろう。つるつるしていて、触り心地はよかった。

それを入れられたときは、正直、なんとも思わなかった。入っていることすら、特に意識しなかった。

あれだけ細いと、ほとんど感覚がない。膣に当たったときに、あ、入ってるんだ、と思うぐらい。

それが抜かれて、今度は一回り太いものを入れられた。それでも、特に何も感じない。

また抜かれて、つぎ。そのつぎ。

少しずつ太くなっていくごとに、ちょっと変な感じがしはじめた。何かが入っていることを感じられるようにもなった。

指とおんなじぐらいの大きさになったら、痛みが出た。

痛い。

顔をしかめてそう伝えたら、ジュリアーノはすぐに抜いて、なるほど、ここまでか、と一人でうなずいていた。

無理に何かしようとはしない。痛いと告げたら、そこでやめてくれる。

それだけはいいと思う。

それ以外にいいところが見当たらないけれど。

そのあとは器具が変わった。細長い棒状なのはおなじで、その先端が少し丸くなっているものになった。これも最初のうちは入っていることに気づかないぐらいで、大きくなるにつれて存在感を増していく。あるとき、痛い、と言ったら、そこでおしまいになった。

そして、いまは円錐形の器具。

こういうのをいくつ持っているのか、知りたいような知りたくないような不思議な気持ちになる。

わたしはいったい、どれだけの器具を使われるのだろう。

ジュリアーノは忙しいのか、毎日やってくるわけじゃない。何日か開いたりもする。

それでも、少しずつ膣の中に何かを入れられることに慣れたみたいで、恐怖感とか嫌悪感とかはない。きっと、最初の細い棒で、あ、なんだ、こんなものなのか、と思ったのがいけなかった。

膣に何かを入れられることに対する身構えがなくなった。

あの細い棒は、そのために作られたんだろうか。だとしたら、よくできている。

もっと困ったことに。

痛くなるほどの大きさにならないかぎり、少し気持ちよくなるようになってしまった。もともと、女性器は感じるところだというのはわかっている。わかってはいるけれど、好きでもない人にこんなことされて、快感なんて覚えるはずがない、と勝手に考えていた。

なのに、いまも感じてしまっている。

でも、それをジュリアーノに知られたくないし、認めたくもない。

「ゆるんでなんか…っ…ひ…ぁ…っ…」

否定しようとしたら、中で器具を動かされた。甘い声がこぼれて、ロージーは唇を噛《か》む。

「濡《ぬ》れてるぞ」

さっきよりももっと頬が熱くなった。

どうしてこういうことを平気で言えるのか、問いつめてやりたい。

「ほら、聞いてみろ」

器具を動かされると、くちゅり、という音が響く。

「ちがっ…これは…っ…やぁ…ん…」

器具が当たる場所によって、まったく感じないところとちょっと感じるところがあることを知った。

知りたくなかった、といつも思う。

何も知らないままでいたかった。

「ちがわない。おまえの中が濡れてるんだ」

くちゅん、くちゅん、くちゅん。

さっきよりも音が大きくなっている。

「こんなの…っ…だれでも…っ…ひぃ…ん…っ…」

びくん、と体が跳ねた。円錐の先がロージーのいい部分に当たってしまったせいだ。

円錐だからか木製だからか、これまでの器具とは膣に当たる角度や強さがまったくちがう。

感じ方も、ちがう。

これまでのものよりも、この円錐の器具の方が感じてしまう。どうしてなのか、わからない。

声を出したくなんてない。反応もしたくない。

それなのに。

「スカートが邪魔だな」

ジュリアーノはスカートをめくりあげたまま、手に持ちつづけていた。そんなの邪魔に決まっている。バカじゃないの、と言ってやりたい。

でも、そんなことをして、もっととんでもないことをされると困る。

「だからといって、脱がせるのも趣《おもむき》がない。着せたままの方が楽しいんだよな」

その感覚はまったくわからない。毎回着せたままなら納得もするけれど、脱がせるときだってある。

そのときによって、楽しい、は変わるのだろうか。

「んー、こうするか」

ジュリアーノはスカートをもっと大きくまくって、デコルテの切れ込んでいる部分にスカートの裾を入れてきた。それだと、たしかにスカートは邪魔にならないし、両手も使える…、それって、最悪じゃない？

「よく見えるし、これはいいな」

ほら！

「いままで、どうして気づかなかったんだ」

気づかなくてよかったのに。

「あ、そうか。そんなに長い時間スカートをまくることもなかったからだな。相手がスカートを持ってくれてたし、俺は入れるだけでよかった。やっぱり、処女ってめんどうだな」

「だったら…！」

そういうふうに思ってくれるなら、スカートをどんどんめくってくれていい。もっとめんどくさくなってくれていい。

「とはいえ、ここまでじっくり開発しておいて、いまさらあきらめるつもりはない。スカートはここにしまえばいいだけのことだ」

ポン、とデコルテに触れられた。そこから何かされるのかと身構えていたのに、ジュリアーノはすぐに手を離す。

今日は下腹部に集中するのだろう。

おっぱいも感じた方が俺が楽しい、という理由で、おっぱいだけを触られるときもある。ジユリアーノの気まぐれで、その日に何をされるのかが決まる。

ロージーのところに来るのか来ないのか、それすらも教えてもらえないので、日々、戦々恐々としなければならない。

ジュリアーノが現れない日は、夜になってようやく人心地つく。今日は何もされずにすんだ、とほっとする。

明日は来るの？

予定を探るつもりでさりげなく聞いたこともあるけれど、そうか、そんなに楽しみなのか、とかんちがいされて、その翌日ひどい目にあったので、もう二度と聞かない。

部屋をノックされるたびに、ジュリアーノかも、とびくっとする。たいていは使用人で、部屋の掃除だったり、洗濯するものを持っていってくれたり、ごはんを持ってきてくれたり、お茶とおやつを差し入れてくれたりする。

本当に使用人にはお世話になっている。

見知った使用人の顔が見えるとほっとす…あっ…あぁ…っ…。

「だから、ぼーっとするなって言ってるだろ」

器具を奥に押し込まれて、そのまま、つるん、と抜かれた。

「ほら、濡れてる。見るか？」

器具を目の前に持ってこられる。

「ばっ…」

ばっかじゃないの。

その言葉を途中でのみこんだ。

反抗すればジュリアーノは喜ぶ。だから、おとなしくしておく。

「ぬるぬるしてるだろ？」

ロージーは目をそらした。そんなもの見たくない。

「ま、いいか」

ジュリアーノもしつこく追及するつもりはないようだ。そういうところだけは、本当にいいと思っている。

「さて、つづきをしよう」

ジュリアーノが器具を持ったまま、しゃがんだ。

「ちょっ…！」

ロージーは慌てて、ジュリアーノの体を払いのけようとする。なのに、まったくびくともしない。

そんなに間近で見られるのは恥ずかしい。

「なんだ？」

ジュリアーノがおもしろそうな表情でロージーを見上げた。

意地悪できるとなると、すごくいい顔をする。

最低。

どうせ言い合いしても勝てない。だったら、さっさと終わらせてほしい。

「なんでもない…」

「そうか」

ジュリアーノはとても満足そうだ。それが腹立たしいけど、どうにもならない。

ジュリアーノは膝立ちをして、器具をロージーの女性器に近づけた。見なければいいのに、何をされるか気になって、つい見てしまう。

それも、きっとジュリアーノの思うツボ。

蜜口に器具を当てられて、また中に入ってくる、と覚悟をしていたら、そこから上の方に動かされた。割れ目をゆっくりと器具でなぞっていく。

「ん…っ…あっ…」

器具がどんどん上に向かう。

いったい、何がしたいんだろう。膣を広げるのが目的なんじゃないの？

割れ目の終わり。もう、そこには何もない、という部分までたどり着いた。

「おまえは自慰すらしたことがないんだな。ここがどうなっているのか、知らない。俺が何をするつもりなのか、とても不思議そうな顔をしている」

自慰なんてするわけがない。そもそも、性に関わることは教えてもらわなかった。

あなたが結婚するときに教えてあげるわ。

母親はそう言っていたけれど、急な結婚でそれもできなくなった。性の話をするよりも、家族としての時間を優先した。

生まれたときのこと。小さかったころの思い出。それをたくさん教えてもらった。

ロージーの記憶がはっきりしてからのことは、みんなでたくさんたくさん話した。

あの小さかったロージーが結婚するのね。

母親は涙を浮かべながら、小さくつぶやいた。

ロージーも泣きたかったけど我慢した。

そうよ。お母さまたちに負けないぐらい幸せになるわ。

笑って、そう答えた。

どうやら、そうはなれそうもない。

それはとても残念だけれど、この結婚で確実に幸せになれる人たちが大勢いるからかまわない。

…なんて、ちがうことを考えていないとジュリアーノに翻弄されてしまう。

それが悔しい。

「なんでもすればいいわ」

ロージーは強気な表情をつくった。

「好きにしなさい」

「そういうところ、きらいじゃない。もっといじめてやりたくなる」

ジュリアーノはにやりと笑うと、器具をさらに上に押し当てた。

「ひぁ……っ……！」

え…なに…？

「ここにはもっとも感じる、小さな小さな器官があるんだ。クリトリスって言うんだけどな。そこは開発しなくても、最初から気持ちいい。だから放っておいたんだが、おまえがどういう反応をするのか見たくなった」

「やめ……っ……」

体がびりびりする。

自分でも触ったことのない場所をジュリアーノに触れられている。

そのことには慣れたはずだったのに。

いまはものすごい不安に襲われる。

ここは…何？

「やめない」

器具で、つん、とつつかれた。

「いやぁ…っ…」

ロージーはぎゅっと飾り棚をつかむ。全身に電気が走ったみたいで、自然に、びくんびくん、と震えた。

「感じるだろう？　ここがどうなっているか、調べてみよう」

ジュリアーノが器具を持っていない方の手で蜜口に触れる。

「だめ…っ…あっ…あぁん…っ…」

「すごいぬるぬるしてるし、蜜が垂れてきてるぞ」

ちゅぷちゅぷと音をさせながら蜜口をこすられた。

「ちがっ…そんなの…っ…やぁ…ん…」

器具の先端がクリトリスを上下に撫《な》でる。がくがく、と足が震えて、すとん、と座りこんでしまいそうになった。

だめ。ちゃんと立っていないと。

座ってしまったら、ジュリアーノに屈したみたいで悔しい。

「これまではそんなに感じることがなかったから、怖いだろう」

怖い…？　どうして…？

「絶頂に導かれる、それがどういうことなのか知らないもんな。ま、わざと感じさせなかったっていうのもあるけれど」

「なぜ…っ…」

「楽しいから」

ロージーを見上げて、またにやり。

意地悪。最低。バカ！

言ってやりたいことはいくらでもある。

でも、言葉が出てこない。

「は…ぅ…っ…」

あえぎがこぼれるばかり。

どうして、みんな性交なんてしたいんだろう。全然楽しくないのに。

そう思っていた。だって、膣ではほとんど感じなかったから。

気持ちいいといっても、こんなんじゃなかった。自分でもどうにもならない衝動《しょうどう》なんてなかった。

「いやっ…いやぁ…ねっ…おねがっ…やめっ…」

こんな快感、知らない。

これは怖い。

たしかに怖い。

だって、どうなるのかわからない。

「やめると思うか？」

器具の動きが少し速くなって、クリトリスへの刺激が強くなる。

「ひゃぁ…っ…ん…っ…」

足が震える。体も震える。

そして。

「いま、すごいひくついたな」

蜜口も震えている。それが、ロージーにもわかる。

そこがそんな動きをするんだ。

自分でも驚いてしまう。

「蜜もすごい垂れてきている。聞こえるか？」

ジュリアーノが指を動かすたびに、ぬぷぬぷ、と音がする。

いやだ、聞きたくない。

自分の女性器からそんな音がするなんて信じたくない。

「ジュリ…ッ…やぁ…ん…っ…」

器具をぐるりと回されて、クリトリスにいろんなところが当たった。器具がでこぼこしているせいで、一定じゃない刺激を送り込まれる。

足だけじゃなくて、腰まで落ちそうになった。どうにか、腕に力を入れてそれを阻止する。

これまでの、気持ちいい、なんて比較にならない。

これが、きっと快感。

「達すればいい」

達する…？

「それもなんなのかわからないよな。まあ、気長に待っておこう」

ジュリアーノはいつも急《せ》かしたりしない。余裕がある。

そこは、ジュリアーノのいいところかもしれない。

…いや、待って。余裕があるから、毎回とんでもないことを長時間されるのでは？

全然いいところじゃなかった。

ああ、もう考えることも支離滅裂だ。

うまく頭が回らない。

どうしたらいいの…？

「ひっ…ん…だめ…ぇ…やっ…あぁ…っ…ん…」

クリトリスに器具で触れられると、言葉なんて一切出てこない。あえぎしかこぼれない。

自分が自分じゃない。

それもまた怖い。

つぷん、とジュリアーノの指が膣の中に入ってきた。

「いや…っ…！」

これまで指を入れられたことはなかった。いつも器具だった。

指ぐらいの太さになると痛くなっていたのに、いまはすんなりとのみこんでしまっている。

これまでと何がちがうんだろう。

「すごく濡れてるな。指が簡単に入った」

そのまま指を抜き差しされる。そのたびに、ぬちゅん、ぬちゅん、と音がする。

この音も聞いたことがない。

「もっ…やめ…っ…」

怖い。

これから何が起こるのかわからないのも、自分がどうなってしまうのかの予想がつかないのも。

すごく怖い。

「だから、やめないって言ってるだろ」

クリトリスを器具でつつかれて、ロージーは唇を噛《か》んだ。

あえぎたくない。

それなのに。

「あぁ…ん…っ…あん…っ…」

勝手に唇がほどけて、吐息まじりの甘い声が漏れる。

自分の体なのに、まったく制御できない。

「とまどってるな」

ロージーを見上げて、ジュリアーノがにやりと笑った。

「まあ、そうだろう。なんの経験もないんだから、これからどうなるかを知りたいよな」

知りたい。

でも、ジュリアーノに教わるのはなんとなく腹立たしい。

「親切な俺さまが教えてやろう」

たしかに、あなたは『俺さま』ね。もちろん、いやな意味での『俺さま』。

言えないことは、全部のみこむ。

だって、こんなこと言ったら、そうか、俺さまだから何してもいいよな、ともっと意地悪をしてくるにちがいない。

「クリトリスはわかりやすい快感を与えてくれるんだ。膣はじっくり探さないといいところが見つからないし、女性によっては膣では感じないこともある。それが、クリトリスだとほとんどの女性が絶頂を迎えることができる。すばらしい器官だよな。こんなに小さいのに」

器具をぐっと押し当てられて、不意をつかれたロージーは小さな悲鳴をあげる。

「きゃ…っ…ぁ…！」

まさか真面目な説明の最中にこんなことをされるとは思わなかった。

あ、まずい…。

ロージーはぎゅっと飾り棚にすがる。

足の力が抜けてきた。もうちょっとで、がくん、となりそうだ。

「どうした？　立っていられないか？」

心配しているわけじゃない。完全にからかい口調。

本当に立てなくなったら、ジュリアーノが喜ぶだけだ。どうにか座りこまずにいられるうちに、ベッドに移動したい。

でも、自分で歩くのは無理そう。

…悔しいけど、ジュリアーノに頼むしかない。

「ベッドに…連れていって…」

平然としたふりをして、まだ大丈夫なように見せかける。

「大胆な誘いだな」

ジュリアーノが目を細めた。

「たしかに、ベッドの方がやりやすい。立っている相手だとめんどうだな、とさっきから思っていたんだ。この体勢だと腕がつらい」

それはそうかもしれない。自分があの体勢であんなことをやっていると想像したら、たしかに大変だ。

待って。だったら、少し我慢して、ジュリアーノから提案するのを…我慢ができないから、ベッドを選んだんだった。ジュリアーノはまだまだできそう。ロージーはあと少しで完全に足の力が抜ける。

ここは競争するところじゃない。

自尊心を守らなければ。

「わたしも足がつらいの。ベッドに行きましょう?」

ジュリアーノの手がとまっているから、普通に話せる。

まともに考えることもできる。

もう限界だと悟らせないように、どうにかベッドに行かなければならない。

「んー、でも…」

…なんだか、いやな予感がする。

「ベッドに行って、またイチから始めるのはめんどうだからここでいい。腕は大変だが、これはこれで楽しいしな」

こっちは全然楽しくないの!

「ベッドだと、ゆっくりできる…わよ…?」

望んでもいないことを口にするのは大変だ。どうしても、ためらいが出てしまう。

「ゆっくりは、また今度な。そういえば、時間がないんだった。結婚するから、俺もいろいろ忙しいんだよ」

だったら、いますぐやめる？

その言葉を、どうにかのみこんだ。そんなことを言おうものなら、時間なんて気にせずにひどいことをされつづけそう。

ジュリアーノはそのぐらい意地悪なのだ。

「さて、つづきをするぞ」

ジュリアーノが器具を動かすと、すぐにまた快感が襲ってきた。

「はぁ…ん…っ…」

どうなったら終わりなのだろう。それを教えてほしい。

いつまで耐えればいいのか、それさえわかればどうにかなる…かもしれない。

でも、聞かない。

意地でも聞かない。

「いい感じだ」

ジュリアーノが膣の中にある指を動かした。ちゅぷん、ちゅぷん、と濡れた音が大きくなる。

「中もやわらかくなっている。指は一本しか入らないぐらい狭いけど」

それ以上、入れるつもりなの？　冗談じゃない。

「それは器具の太さで調節しよう。とりあえずはここだな」

器具を、くるり、と回されて、クリトリスにいろんな部分が当たった。

「ひゃ…っ…ん…やぁ…っ…」

強弱をつけてクリトリスを刺激されると、がくがくと足が震える。それはジュリアーノにも見えていて、ロージーがどんな状態かわかっているはずだ。

「どうだ。何か起こりそうか？」

「なに…がっ…」

具体的に言ってもらわないとわからない。

ロージーにとっては、何もかもがはじめてのことなんだから。

「まだなのか。まあ、それならそれでいい。いくらでも日にちはある」

ジュリアーノが求めていることがなんなのか、まったく理解できないけれど、別の日になるのなら、そのときは絶対にベッドでしてもらう。足はそろそろ限界に近い。飾り棚をつかんでいる手だって、いつだめになるかわからない。

「この濡れ方なら、もう少しだと思うんだが」

ぬぷん、と指を抜かれた。ほっとしたのもつかの間、またすぐに入れられる。

「だめ…っ…」

指を抜き差しされて、膣からもかすかな快感がわきあがってきた。

クリトリスほどではないけど、たしかな快感。

「ん、ひくついているな」

ジュリアーノが、ぐるり、と膣壁を指でなでる。

「もしかしたら、イケるかもしれない。こっちも指でするか」

器具が飾り棚に置かれた。それを見たくなくて目をそらしていたら、もっとやわらかいものがクリトリスに触れる。

「ひ…ん…っ…！」

器具でも十分に気持ちよかったのに、指だと快感が増した。どうしてなのか、まったくわからない。

やわらかい方が気持ちいいんだろうか。

指でクリトリスをこすられて、ロージーの体が、びくびくっ、と震える。

な…に…これ…。

これまでにない強烈な快感。頭の中が真っ白になる。

「ふぇ…っ…やっ…おねがっ…やめ…っ…」

「だから、何度言ったらわかるんだ？　やめない」

ゆっくりとクリトリスをなでられた。上に下に揺らされて、ロージーの足も体も、がくがく、となる。

もう…だめ…。もう…無理…。

「ジュリア…ノ…ッ…！」

「なんだ？」

「も…許して…っ…おかしく…なるっ…」

自分の体がどうなるのかわからない。

その恐怖。

「おかしくなればいい」

ピン、と軽くクリトリスを弾《はじ》かれた。

その瞬間。

「あぁ…っ…あぁぁっ…あっ…あぁ…っ…！」

頭の中にいくつもの光がまたたいて、体から完全に力が抜ける。

ずるり、と床に座り込みそうになるのを、ジュリアーノがとっさに支えてくれた。ロージーはジュリアーノの腕の中に倒れ込む。

「いまのが絶頂であり、達することであり、イクということだ。今度から、そうなりそうだったら教えろ」

いやだ。

そんなの教えたくもない。絶頂なんて認めない。

でも…、すごく眠い…。

「ジュリアーノ…」

声がぼんやりしている。目も開いていない。

「気絶しそうか?」

「ちが…眠い…」

「なるほど。イクのはすごく体力がいるらしいな。俺は女になったことはないから、それが本当かどうかは知らないが、俺がイクときも体力は使う。似たようなものだと思えば納得だ。このまま寝るか?」

こくん。

すごくだるい。起きていられない。

「よし、わかった」

ジュリアーノが、ふわり、とロージーを抱えあげた。

「ベッドまで運んでやろう。なるほど、こういうときのためにもベッドがいいんだな。つぎからはベッドでしよう。おもしろいから、と立ってすると、俺が大変な目にあう」

よかった。つぎからはベッドだし、ジュリアーノにも負担をかけることができたし、立ってするのも悪いことばかりじゃない。

ジュリアーノがしばらく歩いて、ぽすん、とベッドに寝かせてくれる。

「このままでいいか？　布団でもかけるか？」

ゆるく首を横に振った。

体が熱いから、お布団はいらない。

「そうか。なら、ゆっくり寝ろ。おやつはいらないと言っておく」

そうか、まだ午後なんだった。少しお昼寝したら、夜には元気になっているだろう。

「またな」

また、なんてなくていいけど。

ロージーは答えずに、軽く手を振る。

早く出ていって。

その思いを込めて。

ジュリアーノの足音が聞こえた。カツン、カツン、とドアに向かっている。

ドアの開く音。それが閉まれば、ジュリアーノはいなくなる。

ようやく、ゆっくり眠れる。

「あ、そうそう」

ジュリアーノの声がした。

「ドレス、もとに戻しておいた方がいいぞ。いまのままだと下半身が丸見えで、掃除をしにきた使用人が困るんじゃないかな」

意地悪な表情をしているのが想像できる。

それを見たくない。

ロージーはどうにかけだるい手を伸ばして、デコルテに挟んであったスカートを引き抜いた。

このぐらい、ジュリアーノだってできたでしょう！　わざとほっといたのよね！

最低！

「それができるぐらいは元気そうでよかった。じゃあな」

くすくすと笑う声とともに、ジュリアーノが出ていった。

本当に元気だったら、枕でも投げつけてやりたい。

でも、眠い…。

助かったと思いなさい。

この意地悪男！

第二章

「おはようございます」

目を開けると、使用人が部屋にいた。そういうのは普通のことなので、特に驚いたりはしない。自分の国にいるときでも、そうだった。

朝起きると、朝食を用意してくれている。おはようございます、と笑顔であいさつをしてくれる。

それが日常。

ということは、もう朝なのだろうか。

「朝になったの？」

こういうのは聞いてみるにかぎる。

「いいえ、まだ夕方でございます。おやすみになっておいでしたので、おはようございます、と」

「そう。よかったわ、朝じゃなくて」

ロージーはにこっと笑った。

ジュリアーノに対する恨みはたくさんあるけれど、使用人にはない。自分の身の回りの世話をしてくれる人へ、おかしな態度はとりたくない。

それは、両親から厳しくしつけられていた。

あなたはたまたま王族に生まれて、使用人はたまたまそういう家に生まれた。どっちが上とか下とかはない。むしろ、お世話してもらっているこっちが下だと考えることもできる。使用人は別のところで働くことも選べるが、わたしたちは使用人がいなければなんにもできない。それは、ほかの働いている人たちもおなじで、だれがいなくなってもこの社会は成り立たない。だから、どういう職業の人だろうと敬意を持って接しなさい。

この考えは上流階級ではあまり普通ではないと、成長するにつれわかるようになった。

使用人が気に入らなければ解雇して、すぐにつぎを雇えばいい。いくらでもかわりは見つかる。階級がちがうんだから、おなじに扱うなんておかしい。

ほとんど全員が口をそろえてそう言っていたし、実際に気に入らなければすぐにクビにしている。だからといって、ロージーはこれまでの考え方を変えるつもりはない。いつも敬意を持って使用人と接していた。

それでよかった。

ロージーさまのお世話ができてよかったです。

こちらに旅立つ前、使用人は全員、涙ながらにそう言ってくれていた。

本音だったと思う。

わたしもあなたたちにお世話をしてもらえてよかったわ。

ロージーも泣きながら答えた。

階級のちがいは現実としてある。それでも、ロージーの部屋の中では、お姫様と使用人よりももっと濃い関係でいられたのではないだろうか。

それも、ロージーの願望かもしれないけれど。

「お手紙です」

手紙を渡されて、ロージーは喜んで飛び起きた。いまのところ、ロージーに手紙を届けることができるのは両親だけなので、彼らからのもの。嬉《うれ》しい。

それを使用人はにこにこと見守ってくれている。

この一ヶ月で、ここの使用人の態度も少しずつ変わってきた。最初は異分子を見るような奇妙な目つきだったのに、いまは普通に話してくれている。ロージーがずっとおなじ態度でいるなら、そのうち、家の使用人とおなじような信頼関係を保てるかもしれない。

「お夕食は…」

そう聞かれて、きゅるる、と小さくおなかが鳴った。

「用意した方がよさそうですね」

使用人がくすりと笑ってくれる。笑顔を向けてくれるのが嬉しい。

「そうね。お願いするわ」

「かしこまりました」

「ミンディは…」

ロージーの世話をしてくれるのはだいたいがミンディで、たまにソフィア。それ以外の人たちは会ったことがない。

どちらもロージーとおない年ぐらいに見える。

「一緒には食べられないわよね？」

この、一緒に食べる、は会話をしてくれるという意味だ。実際に使用人がおなじテーブルにつくことはない。

それも寂しい。でも、しょうがないと思ってはいる。

ロージーがよくても、使用人の立場なら気まずいだろう。使用人にやさしい両親ですら、おなじ食卓を囲むことはなかった。

だから、そこまで望んではいけない。

「申し訳ありません」

ミンディが頭を下げた。

「いいの。わかっているから。明日のおやつは一緒に食べましょう」

「明日はわたくしはおやすみなので、ソフィアがまいります」

「あら、そうなの。よろしく言っておいて」

「かしこまりました。それではお夕食の準備をいたしますので」

ミンディが一礼して去った。ロージーは手紙の裏に書かれた差し出し人に目をやる。

「お母様だわ」

ロージーはうきうきしながら、ベッドから降りた。ペーパーナイフが置いてある小さな机に向かう。

ロージーの部屋はとても広い。メルリ国の自分の部屋よりも一回りぐらいは広いと思う。

ベッド、クローゼット、書きもの机、読書用の居心地のいい長椅子、食事用のテーブルと椅子など家具がいくつか、飾り棚、本棚、お風呂にトイレもついている。以前の家はお風呂とトイレは別の場所にあったから、部屋の中にあるとこんなに便利なんだと知った。

お風呂からあがると、すぐにベッドに横になれる。長い長い廊下を歩かなくてもいい。居心地はとてもいい。

ロージーはペーパーナイフで封筒を切って、手紙を取り出した。なつかしい母親の文字。

『ロージーへ

元気ですか？

わたしたちは結婚式の一週間前にそちらに向かうことになりました。到着はその三日後です。普段は行けないような国内のいろいろな都市を訪れながら、ゆっくりと歩みを進めたいと思っています。

ジュリアーノ王子はどうですか？　見目麗《うるわ》しい、とてもすてきな方ですよね。その姿のように、心もすてきな方であることでしょう。

そちらの国は大きすぎて気遅れしそうですが、王宮に招いていただいているので、最初で最後の機会だと思い、盛大に楽しもうと二人で話しています。

早くあなたに会いたいわ。

あなたがいつも幸せでありますように。

母より』

短い手紙だけれど、愛情はたくさんこもっている。ロージーは何度も読み返して、手紙をそっと抱きしめた。

両親に会えるまで、あと二ヶ月。結婚式直前ではあるけれど、またいろいろ話ができる。

それが嬉しい。

コンコン、とノックの音がした。

「はい、どうぞ」

「失礼します」

大きなワゴンを押したミンディが入ってくる。

「お食事はどちらにご用意いたしますか？」

机がいくつかあるので、そのどこでも食べることができる。とはいえ、ロージーはいつも食事用のテーブルだ。あまり普段とちがったことはしたくない。

「食事用のテーブルに」

「かしこまりました」

前菜、スープ、メインのお肉料理、パン、お水、と並べられていく。本来なら、それぞれ別々に出されるものだけれど、いちいち食堂と行ったり来たりするのはミンディが大変だろうから、と一緒に並べてもらうことにした。

デザートとコーヒーはさすがに別に用意してもらう。

隣国だというのに、食事の内容はまったくちがっている。それがとても興味深い。

ロージーの国では漁業が盛んなため、メインはお魚料理が多い。こちらは酪農が盛んなので、お肉料理が豊富で調理の仕方もさまざまだ。こっちに来てから食べたお肉料理がたくさんある。

そして、どれもおいしい。

今日もまた、変わった料理だ。

「これは何かしら？」

食事中はおしゃべりをしてはいけないとはいえ、こういう質問には答えてくれる。

「そちらは鴨《かも》のコンフィです。鴨《かも》の解禁日となりましたので」

「鴨？」

鴨って食べられるんだ。そして、解禁日なんてあるのか。

知らないことがたくさん。

「はい、鴨です。それをハーブにつけて焼きました。シェフの得意料理です。本日はこれを目当てにお客様がたくさん訪れておられます」

「そうなのね。楽しみにいただくわ」

まずは前菜から。前菜もぱっと見ではなんだかわからない芸術的なものばかりだけど、とてもおいしい。

うちのシェフも腕がいいと思っていたが、この王宮のシェフはすごい。何を食べても感嘆してしまう。

「前菜はエビとタマネギのタルタルです。パンにのせて召し上がるとおいしいですよ。スープは栗《くり》のポタージュ。そして、鴨のコンフィです」

「タルタル？」

円形のものがタルタルなのだろう。その周りにはソースが模様のようにきれいに添えられている。

「食材を包丁でたたいて和《あ》える調理法です」

「へえ！」

そんなの見たことがない。

フォークで少しだけ取って、ぱくり、と食べた。

「おいしい！」

エビとタマネギの風味がよくあっている。タマネギの辛みがアクセントになっていて、それもいい。

パンにのせてみると、うん、これもおいしい。

おなかが空いていたみたいで、あっという間に食べ終えた。栗《くり》のスープには銀の丸い蓋がしてある。冷めないように、だ。それをミンディが取ってくれる。

もちろん、できたてのように熱くはない。でも、ロージーは猫舌なので、このぐらいの温度がちょうどいい。少し熱がとれたぐらいが味もよくわかる。

栗のポタージュもはじめて。おいしいのだろうか。

スプーンですくって、ひとくち飲んでみた。

うん、おいしい。栗の味はそんなにしないけれど、たしかに栗のポタージュだとわかる。やさしい味で、とても飲みやすい。

さて、鴨のコンフィ。カリッと焼かれていて、これもまたおいしそう。鴨ってどんな味がするんだろう。

ナイフでひとくち分を切って、あむっ、といった。

「すごい…」

ハーブと塩気が混ざって、いい味がついている。鴨そのものはなんの臭みもなく、とても食べやすい。

これは、お目当てにお客さんが来るのもわかる。ものすごくおいしい。

塩味が少し強いから、前菜、スープと薄めの味にしていたのだ。コースを通して、味の調整がされている。

ここのシェフは本当にすごい。

小さくドアの音がして、ミンディが出ていったのがわかった。デザートとコーヒーを持ってきてくれるのだ。

「だれかと一緒に食べたいな…」

食べているときは静かにしているけれど、コースのつぎの料理を待つ間に、おいしかったね、と話したり、雑談をしたり、そういうのが楽しい。

一人の食事は味気ない。いくらおいしくても、寂しさの方が勝つ。

だれか…ジュリアーノ？

冗談でしょ。

ここで唯一、ロージーと一緒に食べることができる人ではあるけれど、食事のときまでジュリアーノの顔を見たくはない。昼間にとんでもないことをされるだけで十分だ。とんでもないことをされなければ、もっといい。

静かにドアが開いて、ミンディがやってきた。空になった食器を下げて、デザートとコーヒーを置いてくれる。

「本日はブドウのゼリーとブドウのシャーベットでございます」

「おいしそうね」

デザートもきれいに飾りつけられている。ブドウを半分に切ったものも、お皿の上にいくつか置いてあった。

本当に芸術品。

デザートまで食べ終えて、ごちそうさま、とロージーは笑顔で告げた。ミンディが片づけてくれる。

今日の夕食もとてもおいしかった。大満足。

「それでは、お風呂の時間にまた参ります」

お風呂は自分で入れるけれど、寝間着の準備、髪を乾かすこと、肌のお手入れなどは使用人の仕事だ。

「よろしくね」


ミンディが出ていって、ロージーはまた母親からの手紙を読んだ。国を出て一ヶ月しかたってないとは思えない。はるか昔のことのような気がする。

「お返事を書きましょう」

ロージーは便せんを取り出した。この部屋にはなんでもそろっている。

羽ペンにインクをつけて、お父様、お母様へ、と書きだした。


『わたしは元気です。まだ、ほとんどだれとも会話をしていないから、それは寂しいけれど、この国では結婚前の三ヶ月は世間との関わりを絶って、自分の内なる声に耳を傾ける日々とされているので、それはしょうがないのです。

もう少ししたら、ウェディングドレス選びが始まります。わたしの体型にあわせて作ってくれた何十着もの中から、好きなのを選べるんですって！　試着がとても楽しみ。国にいるときに、わざわざやってきたデザイナーさんたち何人もに採寸をされましたね。あれから太ってないといいんだけど』

そこまで書いて、手がとまった。

ジュリアーノのことは書くべきだろうか。書かないと心配されるのはわかっている。かといって、事実は書けない。

親に嘘《うそ》をつく。

それはロージーにとってはありえないこと。

いつだって、正直に話してきた。親もおなじく誠実に接してくれていた。

その信頼関係を壊したくはない。

だけど。

しかたのない嘘というのはある。親が心を痛めるような事実は隠しておいてもいい。

そうだ。嘘をつくわけじゃない。言わないだけ。

そうしよう。

『ジュリアーノは実際に会ったら、もっとかっこよくてびっくりしました。銀の髪はとてもきらきらしていて、何度見ても驚いてしまいます。王族の威厳もありますし、さすが王子様だわ、と感心もします。結婚前なので、まだあまり話してはいません。どういう人なのか、結婚後にわかるでしょう。お父様のようにすてきな人だといいな、と願ってます』

これは嘘じゃない。見た目はたしかにかっこいい。銀の髪も見るたびに、きれいだな、すてきだな、と思う。話はほとんどしていない。性交の準備をされているだけ。それが終わったら、ジュリアーノはさっさと帰ってしまう。そして、お父様のように、というのはただの願望。そういう人じゃないとわかってはいるけれど、願うぐらいしてもいい。

ジュリアーノについてはこれでおしまい。親も不審には思わないだろう。世間との関わりを絶つ期間だと最初に説明してあるし、ジュリアーノとの会話が少ないことも納得してくれる……といいな。


『書きたいことはたくさんあるけれど、手紙が何枚になるかわからないので、このあたりでやめておきます。

お父様とお母様とふたたび会える日を楽しみにしています。

あなたたちの娘、ロージーより』

何度か読み返して、ジュリアーノのところがあんまり気にならないかを確認してから、便せんを丁寧に折って封筒に入れた。お風呂の準備をしてくれるときにミンディに手紙を出してもらうように頼んでおこう。

コンコン。

小さなノックの音。

あら、もうお風呂の時間？　そんなに長く手紙を書いていたかしら。

待っていてもドアが開かない。どうしたんだろう。

「どうぞ、入って」

ロージーは声をかけた。

「いいのかな？」

だれ？

ロージーは不審に思う。こんな声、聞いたことがない。

「お待ちください」

使用人以外でロージーに会いにくる人なんているんだろうか。

ロージーは立ち上がって、ドアへ向かった。そこを開けると、背の高い若い男が立っている。

黒まではいかないけれど、少し暗い髪色。肩ぐらいまで伸ばされた髪はウェーブがかかっている。目はブラウンで切れ長。鼻はすっとしているし、唇は薄い。それなりにかっこいい。

あと、なんだか見たことがあるような…。

「どうも。ぼくはマッテオ・ヴィスコンティ。ジュリアーノのいとこです」

ああ！　面影が少しジュリアーノに似てるんだ。

「はじめまして。ロージー・コンプトンです」

ロージーはスカートを持って、軽くおじぎをした。

「なんのご用でしょうか」

「お困りのことはないかな、と思って。あ、ロージーって呼んでもいいかな？」

「どうぞ」

ほかに呼び名はない。

「ロージーは食事どきも部屋にこもっていてだれとも会話をしていないから、なにか要望があっても言えないよね。でも、ちがう国にお嫁にくるのって、実は大変だと思うんだ。ロージーがこの国にきたときから、気になっていたんだよ。大丈夫かな、って」

「ありがとうございます。大丈夫です」

やさしいな、と思った。ジュリアーノがあんなだから、マッテオのやさしさが身に染みる。

「本当に？　ぼくで力になれることがあったら、なんでも言ってくれていいんだよ」

そうですね。財産はいくらありますか？　それをすべてわたしにくれますか？　そうしたら、助かるんですけど。

まさか、そんなことは言えない。

それに個人でどうにかなる額じゃない。

「そうやって気にかけていただいたことが嬉しいです。でも、わたしは平気ですので。マッテオ…さん？」

「マッテオ、でいいよ」

マッテオはにこっと笑った。その笑顔はやっぱりジュリアーノに少し似ている。

ただ、こう言ってはなんだけど、ジュリアーノはとても顔が整っているんだな、と改めて思った。似ているようで、ジュリアーノの方がはるかにかっこいい。

だけど、マッテオのやさしい雰囲気に癒《いや》される。

「マッテオ」

「そう、マッテオ」

なんだかおかしくなって、二人で笑い合った。

「ジュリアーノのいとこなんですね。仲はいいんですか？」

「全然」

マッテオは肩をすくめる。

「ジュリアーノは傍若無人だから、人を人とも思わない。利用できる人は利用して、できないやつは無視する。ぼくは王位継承権がはるか彼方《かなた》にある名ばかりの王族だから、存在することすら知らないんじゃないかな」

「そんなことはないんじゃないですか」

ジュリアーノのことは好きではないけれど、こうやって、いないところで悪口を言うのも好きではない。

何かを言うなら本人の前で正々堂々と。悪口を言うと自分の品位まで落ちてしまう。

「いとこは数十人いるからね」

「それは知らないかもしれませんね」

長くつづいてきた王族ともなると、いとこなどを含めた親戚は膨大な数になる。ロージーもいとこを全員知っているわけではない。年に一度の晩さん会でしか会わない人もたくさんいる。そこに来ない人たちはもっとたくさんいる。

把握するのは無理だ。

「ジュリアーノのことで困っていたら、と心配していたんだけれど、よけいなお世話だったみたいだね」

「困ってはいません。でも、よけいなお世話でもないです。わたしがここに存在することを知っている人がジュリアーノ以外にもいるんだ、ってほっとしましたから」

ロージーはにこっと笑った。

「きみの存在はみんなが知っているよ。ジュリアーノが結婚することは大ニュースだからね。まさか、ジュリアーノが結婚するなんて、って。全員が、ジュリアーノは生涯独身で遊び人を貫《つらぬ》くものだとばかり思っていたんだよ」

「え？」

どういうこと？

「あ、使用人がやってきた。それでは、ぼくはこれで」

「あの…！」

ロージーはマッテオを呼びとめる。

「なにかな」

「そのうち、お茶でも飲みませんか」

ロージーの部屋は無理だとしても、どこか使える場所はあるだろう。ちょっと話を聞いてみたい。

「喜んで。明日はどう？」

「明日はちょっと…」

さすがに早すぎる。

「それじゃ、また連絡するよ。明日以降の予定が出たら知らせるから、よろしく」

マッテオはウインクをして去っていった。入れ替わりのようにミンディが現れる。

「マッテオさまは、いったい何を？」

「通りすがりみたい。隣国からやってきた花嫁がめずらしいのかしらね」

結局、なんの用なのかもあまりわからなかった。だけど、だれかと話せたことは嬉しい。

「そうですか。お風呂にお入りになります？」

「入るわ」

さっぱりして、眠りたい。昼寝もしたというのに、なぜか疲れている。

明日はジュリアーノが来るのだろうか。

来なければいい。

でも、そういうときはきっと来る。

ジュリアーノはそういう人。


「寝れない…」

ロージーはベッドの上で何度も寝がえりを打った。

「眠いのに」

うとうとはするのだけれど、途中で目覚めてしまう。だからといって、起き上がるほどの気力はない。

体は疲れているものの、頭が眠るのを拒否している感じ。

こんなこと、これまでなかった。

いったい、どうしたんだろう。

「何が気になっているの…?」

自分の頭に問いかけてみる。

「もしかして、ジュリアーノのことで嘘を書いたから?」

ちがう。嘘じゃない。ごまかしてはいるけれど、別に嘘は書いていない……けれど……。

「本当のことも書いてないもんね」

ジュリアーノがどういう人なのかはわかっている。性格がいいわけでもないし、ひどいことばかりされるし、そもそも、ロージーに興味がない。

そう、それ。

あの人はわたしに興味がない。花嫁として決まったから、しかたがなく初夜のための準備をしている。

これまでの人生とか、どういうものが好きなのか、何がきらいなのか、将来についてどう考えているのか、そういった質問をされたことがない。

結婚したところで、突然ロージーに興味を抱くとは思えない。

ロージーはジュリアーノに興味があるかというと、もちろんある。だって、結婚する相手なのだ。

どういう子供時代を送ってきて、いまはどういう生活をしていて、これから先どういうふうに生きていきたいのか、そういう話をしたいとずっと思っていた。

なんだかんだ言いつつ、幸せな結婚生活をあきらめたくないのかもしれない。

そんなの無理なのに。

ロージーはぼんやりと天井を見上げた。

暗闇に目が慣れると、いろんな模様が見えてくる。小さいころは、天井に何かを見つけるのが大好きだった。

あれは犬、あれはケーキ、あれはリンゴ。

母親にそう言うと、本当ね、と笑ってくれた。

親と仲がいい。

それもまた上流階級では稀《まれ》なようだ。

親は子供を好きにできると思っているし、子供は、親に好きにされてたまるか、と思っている。

それでも、子供は親には逆らえない。

いやなら出ていきなさい。好きに生きていきなさい。

そう言われて、はい、そうします、と答えられるわけがない。上流階級で育ってきた子供たちは、どうやって生活が成り立っているのか、お金を稼ぐには何をすればいいのか、そういった基本的なことすら知らない。

ロージーだって例外じゃない。いまだに、お金の稼ぎ方をわかってはいない。何もしなくても住むところはあるし、時間になれば食事が出てくるし、クローゼットにある好きなドレスを着ることができる。

その生活に満足している。

なので、結婚してからもおなじように生活していきたい。親だって、子供が憎いわけじゃない。親としての最後の務めは、子供をきちんと結婚させること。

結婚したら、おなじ屋敷には住まない。敷地内に新しい屋敷を建てる人もいるが、だいたいは別の場所に屋敷を設ける。

ロージーは結婚しても、おなじ城に住みたいと思っていた。ロージーが女主人なんだし、そのうち王家も継ぐし、そうしたらどうせお城に戻り、君主という立場になる。だから、お城を出ていく必要なんてない。

夫となる人の支えはもちろん必要だけれど、先達としてアドバイスをしてくれる両親にもそばにいてほしい。

そのぐらいのわがままを聞いてくれる相手がいい。

そんな願いは叶《かな》わなかった。

それだけじゃなくて、どんな願いも叶《かな》わなかった。

女主人にはならない。王家も継がない。君主にもならない。

予想もしなかった。

こんなことになるなんて。

「お話があるの」

母親に呼ばれて、ロージーは居間に赴いた。テーブルにはティーポットと焼き菓子が置かれている。

めずらしく、父親もいた。

父親は君主のため、お昼は公務で忙しい。普段は朝と夜ぐらいしか顔をあわせない。その分、おやすみの日にたっぷりおしゃべりをする。

それがロージーの楽しみのひとつでもあった。

「お父様、どうしたの？」

「今日は少し時間があってな」

父親の笑顔はいつでもロージーをほっとさせてくれる。温かみのある、いい笑顔。人間味のある君主として、国民にもとても慕われている。

ただし、やさしいだけじゃない。厳しいこともきちんと判断できる。

そうじゃないと、君主なんてやっていけない。

「そう。嬉しいわ」

ロージーは両親の向かいに座った。すぐに使用人が紅茶を注いでくれる。香り高い紅茶が、ふわり、と鼻腔《びこう》をくすぐった。

お砂糖とミルクを入れて、スプーンでかき混ぜる。ひとくち飲んだら、体が温まった。そろそろ春になろうとするこの時期は、温かい紅茶が嬉しい。

焼き菓子をひとつ、かじった。バターの香りがするビスケット。紅茶によくあう。

「なんのお話？」

両親が黙ったままなので、ロージーから話をふった。

「あなたの結婚について」

「もうしなきゃだめ？」

この国では王族の結婚は十八歳から二十歳までの間と決まっている。それ以上でもそれ以下でもだめ。その期間を逃すと結婚ができない。

ロージーは十八歳になってまだ半年ちょっと。

早い人は十七歳のときから相手を選んで、十八歳のお誕生日に結婚したりするけれど、ロージーはそんなことをしたくない。できるかぎり、家にいたい。二十歳ぎりぎりまで待ってもいいぐらいだ。

ロージーのような立場だと、相手はよりどりみどり。何百人という単位で売り込みがある。その中から両親がきちんと背景を調べて数人に絞り、最終的にロージーが選ぶことになっている。

ロージーが十六歳になったときに、お相手の公募が始まった。最初のうちは驚くほどたくさんやってきた。すぐに数は減ったものの、いまだにたまに送られてくる。ロージーの婚約が発表されるまで、応募はやまないのだろう。

「あなたには選択する権利があるわ」

母親がじっとロージーを見つめた。

なにか、おかしい。

そう思った。

母親の口調だろうか。それとも、雰囲気だろうか。父親も一緒にいるという状況だろうか。

とにかく、おかしい。

「わたくしたちが言うことをよく聞いて、ゆっくり考えて、それから返事をしてくださいね」

うん、おかしい。決定的におかしい。

親子の会話で、母親が自分のことを、わたくし、とは呼ばない。それに、丁寧語になっている。

これは公務のひとつだ。だから、父親もいる。

だけど、どうして？

たしかに、ロージーの結婚はこれから先の国に大きく関わる。とはいえ、父親が王位を譲渡するのはまだまだ遠い先のこと。二十年近くは猶予があるはずだ。これまでも英才教育を受けてきたし、結婚が決まれば国についての細かいところを学べるようになる。

婚約をしなければ正式な後継者とは認められない。正式な後継者でなければ、読めない書物はたくさんある。その読めない書物には、国の秘密などの情報を含んでいる

それを知りたいとは思うけれど、あと一年ぐらい自由でいたい。

ロージーのわがままなのだとわかってはいる。でも、きちんと勉強はしているし、後継者としての自負みたいなものもある。

なのに、もう結婚をしなければいけないんだろうか。

…いけないんだろうな。そうじゃなければ、母親があんな口調にはならない。

「うちの国は破産する」

へえ、破産か。それは大変…。

「破産⁉」

破産って、お金がすべてなくなること？　それとも、ちがう意味がある？　国って破産するの？　だって、国よ？　国民がいて、税金を納めてもらって、それで国を運営…運営で正しいの？　経営？　ちがう？　とにかく、国を営んでいるのよ。破産って、そんなのありえなくない？

「どうして！」

小さな国だ。それでも漁業は盛んだし、この国でしか取れない貴重な魚もあって高値で取引されている。紅茶も名産でとても評判がいい。近い国から買いに来たり、遠くの国へ輸出した

りしている。

「最大の取引先だったとある国がクーデターにより消滅した。そこからもらえる予定だったお金がすべて消えたんだよ」

父親はこめかみを指で揉《も》んだ。そういえば、最近、よくそのしぐさをしていた。あれは悩んでいたからなのか。

気づかなかった。

父親はいつもと変わらず穏やかでやさしかった。

だから、気づけなかった。

「でも…ほかにも…」

「国家予算の半分だ」

ロージーは口をぽかんと開ける。

「それがなくなってしまうと、なんにもできなくなる。半分もある、と思うかもしれない。でも、ちがう。半分しかないし、なんなら、すべてない、と同義語だ。こちらが支払うべきものを支払うと、大赤字になる。それがわかっていても、支払わないわけにはいかない。もっと悪いことに、その取引先は来年からもないんだ。国家予算の半分がこれから先しばらくなくなってしまう。どこかが見つかったとしても、すぐにそんな大きな取引はしてくれない。焼け石に水の状態でしかない」

そうか。今年だけの問題じゃない。来年も再来年もそのつぎも、未来永劫《みらいえいごう》、その取引先の金額が入ってこない。

「クーデターになるって…」

「わかっていたら、予防策を取っていた。悪い話は何もなかったんだ。何もないようにしていた、というべきか。情報が隠ぺいされていたんだろう。いまはもう、その国がどうなっているのかまったくわからない」

父親は今度は眉間を揉《も》んでいる。

頭痛がするのだろうか。とても心配だ。

だけど、それ以上に心配なことがある。

「この国は…」

破産したら、いったいどうなるんだろう。

「まずひとつは、買ってくれる国を探す。それが最善だ」

父親は指を一本立てた。

「ふたつめは、すべてを隠して王族だけで逃げる。最低な案だな。ロクな死に方をしない」

二本目の指。

「以上だ」

うそ…。それしかないの…?

待って。きっと何かできる。

たとえば…。

「税金をあげるのは？」

「うちもクーデターになるだけだ。自分の失策を国民に尻拭いさせて、自分たちは豪華な城に住みつづける君主なんて、だれがついていきたい」

それは、たしかにそうだ。浅はかだった。

「国庫にお金はないの？」

「あったら破産なんてしない。うちは小さな国だから、動かせるお金はすべて動かして利益を得ていたんだ。クーデターが起こった国からのお金があと数日で入ることになっていて、そこまで支払いを待ってもらっていたところがたくさんある。もちろん、その相手先も頼めば待ってはくれるだろう。でも、いつまで？　いつ、国家予算の半分の金額が入ってくる？　もう売るものもないのに？」

そうだ。紅茶がたくさん売れる季節も高級魚の季節もあと数ヶ月は先だ。それをすべて売ったところで、お金が入ってくるのはもっと先。最大の取引先がなくなってしまえば、生産品が全部売れる保証もない。

「とはいえ、クーデターの件を知ってから何もしなかったわけじゃない。いまもまだ、できることはないか探っている最中だ。解決方法はほかにもあるのかもしれない。何かあればいいけれど、考えることに時間だけがかかって、結局どうにもならなかったら、つぎに打つ手がなくなる」

それもわかる。手を打つなら早い方がいい。

「ジュリアーノ王子を知っているか?」

ジュリアーノのことを知らない人などめったにいない。このあたり一番の大国であるオルラン国の銀の髪の王子。

うわさにはうといロージーですら、彼の話はいろいろ聞いている。侍女たちが話しているからだ。

会えもしない人のうわさ話の何が楽しいのか、ロージーにはまったくわからないけれど、彼女たちが楽しそうだからいい。

銀の髪の王子は、かっこよくて遊び人。遊ばれてみたい、とみんな言っていた。

「知っているわ」

「おまえを嫁にもらうかわりに国を買ってもいい、と申し出てきた」

「…え?」

何を言ってるの?

「君主は私たちのままで、これからしばらく困らないだけのお金を出す。そのかわり、人質として娘をもらう、と」

父親はこめかみと眉間を交互に揉んだ。

苦悩の深さがうかがえるようだ。

「なぜ…」

「わからない」

父親は首を振る。

「あなたのことが好きなのよ」

母親はにこっと笑った。

「わたしを？」

そんなわけがない。

だって、会ったこともない。

「本来なら結婚できない相手だった。だから、あきらめようとたくさんの女性と浮き名を流してきた。だけど、こういうことになって、あなたと結婚できる可能性が出てきた。だったら、どれだけお金を出してもあなたをお嫁さんにしたい。ジュリアーノ王子はそう考えているのよ」

本気なんだろうか。

ロージーは母親をまじまじと見た。

そんなバカみたいなこと、本気で言ってる…？

「だって、あのジュリアーノ王子よ？　大国の王族だというのに、そして、どれだけでも求められているだろうに、かたくなにこの年まで…二十五歳だったかしら？」

そんな年齢なんだ。たしかに、王族としたら結婚するのが遅すぎる。

「結婚してなかったのよ。それなのに、こんな小国に大金を出してまで、あなたをもらおうとしている。そこには愛があると考えるのが自然じゃないかしら」

…自然だとは思わないけど、たしかに、どうしてうちの国を助けようとしているのかは不思議だ。

なんだろう。いろいろ、もやもやする。

「でもね、いやなら結婚しなくていいのよ。あなたの人生だから、よく考えて、あなたが結論を出してね。わたしたちのことは心配しなくていい。あなた自身のことを心配しなさい」

「そうだよ、ロージー。自分のことを最優先するんだ。国のことも、国民のことも、私たちのことも、すべて置いておきなさい」

そんなことできるわけがなかった。

この国がなくなれば、ロージーだって居場所がなくなる。

それに、愛してくれて、愛している親を見捨てられるわけがない。

迷わなかったと言えば嘘になる。

でも、その場で返事をした。

ジュリアーノと結婚する、と。

それから数週間で話はまとまり、結婚のためにこの国にきた。

母親の言うとおり、ジュリアーノの行動には愛がある、と信じたかった。

だけど。

「愛なんてなかったわ…」

ぽつんとつぶやいたら、涙が一筋こぼれた。

愛があればよかったのに。

ジュリアーノが愛のためにロージーを求めたのなら救われた。

はじめて会ったとき、ほんの少しときめいた。

だって、ジュリアーノはとてもかっこよくて、銀色の髪もすてきで、きらきらしていて、見とれてしまうぐらいだったから。

この人と結婚するんだ。

そのことが実感できたし、幸せになりたい、と思った。

どうして、わたしをお嫁さんに?

そう聞いたら、ジュリアーノはどうでもよさそうに答えた。

「気まぐれ」

その言葉に愛なんてなかった。

この人がわたしを愛しているなんてありえない、とすぐにわかった。
わたしは気まぐれでジュリアーノのものになる。
それでいいとは、やっぱり、どうしても思えない。
…とても悲しい。

第三章

ロージーはベッドの上で全裸になって横たわっていた。

そのこと自体がとても屈辱だけれど、前回みたいに立ったままされるよりはマシだ。

「ひさしぶりだな」

ジュリアーノがにこっと笑う。

本当に悔しいが、笑顔はとてもいい。まるで純粋な子供のように見える。

中身は全然ちがうのに。

「このまま、来ないのかと思っていたわ」

「寂しかったのか。それは悪かった」

「全然ちがうわよ！」

ロージーはジュリアーノをにらんだ。

「あなた、本当に自信家ね」

「この顔に生まれて、女にもてまくって、頭がよくて、権力があって、金がある。自信家にならない要素が見当たらない」

自分のことをよく理解している。ジュリアーノの分析がまちがっていないのも、なんだか無性に腹が立つ。

たしかに、そのとおりなのだ。

ロージーだって、蝶《ちょう》よ花よと育てられた。かわいい、と周りから言われつづけて、たくさんの結婚の申し込みを受けて、のちのちは君主になる予定だった。

世界はわたしのもの、とまでは思っていないけれど、ある程度は世界もわたしの言うことを聞いてくれるんじゃないか、とうぬぼれていた。

実際はたった一国の取引先が消えただけで泡と消えるような権力だったけれど、そういうことが公《おおやけ》になるまではわからないものだ。

ロージーの自信は露と消えた。国がなくなるかもしれない、という状況に見舞われたら、自信なんて持ちようがない。

世界はわたしのものじゃない。ほんのちょっとですら、ちがう。

両親は君主をやっているけれど、自分たちの自由にできるお金はなくなった。君主としての体裁を保つためにある程度のお金を費やすことは認められている。それでも、かなりの節約を強いられているのは国にいるときからわかっていた。

あるときから、食事の品数が減った。母親は洋服を買わなくなった。着ていないものがたくさんあるから、もう一生いらないわ、と微笑《ほほえ》んでいたけれど、そういう理由じゃない。これまでだって、一生買わなくてもいいぐらい持っていたのに新しいものを買っていた。

父親の趣味で集めていたワインがセラーからいくつも消えた。何かの記念日には高級ワインを開けて大事そうに飲む、その姿を見ているのが好きだった。

そんな機会はもう来ないのかもしれない。ある程度、お金になるものはすべて売った可能性がある。

そんなに大きな国でもないし、予算もそこまでないから、湯水のようにお金を使っていたわけではない。とはいえ、王族として、君主として、許されるぐらいの贅沢《ぜいたく》はしていた。

それができなくなった両親は大丈夫なのだろうか。

両親に落ち度がないというわけではない。一国に頼りすぎた。クーデターじゃなかったとしても、そこが取引を中止したらお金が回らなくなる。そんな経済ではだめなのだ。うまくいっている間はそれが永遠につづくと思ってしまう。問題点があるとわかっていながら、それを変える勇気がなかったのかもしれない。

結局はその怠慢が破滅を招いた。

その点に関しては、なんの言い訳もできない。

「おい」

ピン、とおでこを弾《ひ》かれた。

「痛いわよ！　何するの！」

女性に手をあげるなんて最低！

まあ、そんなに痛くはなかったし、こういうのを手をあげるというのもどうかとは思う。さすがにおおげさだ。

「俺がいない時間のが長いんだから、物思いにふけりたいんなら、そのときにしろ。俺がいるときは俺に集中しとけ」

「おかしなことを言うからよ」

「おかしくはない。自信家なのは当然だ、という根拠を述べたまでだ」

反論もできないような、納得の根拠ね。

そういうところも腹が立つ。

「ねえ、ジュリアーノ」

ロージーはジュリアーノを見上げた。

顔がいい。

むかつくほどに顔がいい。

「なんだ」

「この三日間、何をしていたの？」

あの翌日、やってくるかと思っていたのに来なくて。あれ、おかしいな、と不審がりつつ、待っていた。

それでもやってこなくて、おやつを食べながらソフィアと雑談をしているときに、ふと気づいた。

これまでジュリアーノは、おやつの時間までしか来てなくない？

疲れて眠っているとき以外は、毎日おやつを食べている。それはつまり、ジュリアーノがその時間までにはいなくなるということ。

そのつぎの日も待ってみた。やっぱり来なくて、おやつを今度はミンディと食べた。昨日もおんなじ。おやつを楽しく食べた。

そして、今日。

お昼少し前にやってきたジュリアーノはロージーを裸にして、ベッドに寝かせた。この時間からだと、お昼は食べられない。

そうだ、お昼を抜かすことはたまにあった。その分、おやつをきちんと食べていた。

つまり、これからはおやつの時間までにやってこなければのびのびとできる。

いいことに気づいた。

そして、もっとジュリアーノの行動が知りたいと思ったのだ。

絶対に来られない日があるなら、朝から自由にできる。そのパターンを探りたい。

「仕事」

「仕事？」

王位継承権のない王子様って、仕事があるの？

「俺は顔が知られている」

そうね。いろんな国で肖像画がたくさん売られているぐらいだし。あれも一財産になるんじゃないだろうか。さすがに、そこまではいかないかな？

「俺となら取引をしたいって人はたくさんいてね」

「女性？」

「やきもちか」

ジュリアーノがにやりと笑った。

「まあな。おまえは俺の妻になるんだから、やきもちを妬《や》く権利がある」

「あなたって、本当に本当に自信家ね」

小さなため息をひとつこぼした。

「ありがとう」

「ほめてないわよ！」

「そうなのか。自信家っていいことだと思うんだがな。おまえは夫となる男性が、自信家なのと、なんの自信もなくただ日々を生きていくだけで覇気《はき》すらないやつと、どっちがいい」

比較対象がおかしくない？　自信がない人の付加要素が多すぎる。

「どっちもいやよ」

普通に愛情あふれる人がいい。

「贅沢《ぜいたく》だな。まあ、いい。自信家のよさはそのうちわかる」

ジュリアーノのことだとしたら、一生わかりそうもないけど。

「それで、だ。なんの話をしていた？」

なんだったかしら。もう、どうでもよくなってきた。

あ、ちがう。

どうでもよくなかった。ジュリアーノの行動パターンを探らないと。

「この三日間、お仕事をしてたんでしょう？　なんのお仕事？」

「売り込みだ」

「売り込み？」

「俺に会えたら国と大きな契約をする、というご婦人方とお会いしていた。俺はただ微笑《ほほえ》んで、こんにちは、と言うだけでいい。国に金は入るし、俺は国王から感謝されるし、そのおかげでいろいろとお目こぼししてもらえるし、特権ももらえるし、いいことだらけだ」

「微笑んであいさつをするだけ？」

それで契約を取れるの？　ジュリアーノのことだから、もっとほかのことをしていそうな気がする。

「ああ」

ジュリアーノが肩をすくめた。

「体を使ったとでも思っているか？」

「さすがにそこまでは…」

契約のためにはしそうもない。甘い言葉をささやくぐらいはするのかな、とは思ってた。あとは抱き寄せたり、体に触れてみたり。

そのぐらいなら簡単にできそう。

「俺は体は売らない。好きなときに好きな相手とやる。おまえと婚約したから、それもやめているしな。俺はこう見えても、結婚制度というものを尊重している。だから、結婚するまでは遊びまくって、結婚したら妻一筋でいくんだ」

「え！」

あまりにも驚いて、ロージーはまじまじとジュリアーノを見つめた。

「わたしだけ？」

ちょっと待って。それは負担が大きすぎない？

「いまのところは、そのつもりでいる。実際に結婚してみたらどうなるかは知らない」

「嘘でしょ？」

「嘘を言ってどうする。おまえ以外と性交するつもりなら、おまえのことを開発なんてしない。

適当に数回して、子供を作って、そのあとで遊びまわればいい。そんな夫婦が多いだろう？　だが、それはいやなんだ」

「嘘…でしょ…」

あまりにも意外な展開すぎて、それ以外の言葉が出てこない。

「嘘をついてどうするんだ。開発をするのは、一緒に気持ちよくなりたいからだって言っただろう。仮面夫婦でいるつもりなら、おまえの痛みとか気にもしないし、気持ちよくなってもならなくても知ったことじゃない。性交以外の面でも、俺がやりたいようにやって、おまえのことは放っておく。そんなの結婚生活じゃないだろう」

たしかに、そう。それはロージーも望んでいること。

だけど。

「だったら、どうしてわたしを選んだの？」

そういうことすら、顔合わせのときに詳しく話さなかった。

遊び人ということは聞いていたし、それがいい意味で使われているわけではないことも知っていた。悪いうわさもたくさん回ってきた。

それでも、銀の髪の王子様にあこがれていた。

きっと、女性みんなにやさしくて、誘われたら断れなくて、結果、遊び人のようになってしまっている、本当は繊細な人なんだ、と。

肖像画だけで、そう思ってしまっていた。

だって、絵はその人の内面を写す。ジュリアーノの肖像画は快活さの中に寂しさが見え隠れしていた。

そういう人なんだ、と信じていた。

なのに、初顔合わせの場に現れたジュリアーノはロージーをちらりと見ると、なるほど、とぽつりとつぶやいた。

何が、なるほど、なのか。

わからなくて、ロージーはとまどう。

もしかして、思っていた人とちがう？

とはいえ、実際に会う銀の髪の王子様は神々しいほど美しかった。その美しさに思わず見とれていると、もういい、と言われた。

なるほど。もういい。

これは断られたのだと思った。

国を救えなかった。そのうち、わたしの生まれた国はなくなってしまう。

結婚式は三か月後だ。

そう言われたときは、意味がわからなかった。

結婚するんだ、と理解したときは、ほんの少しときめいた。

この銀の髪の王子様と結婚する。

処女はめんどうだな。

そう言われて、え？　と思った。まさか、そんなことを口にされるとは思ってなくて固まった。

まあ、いい、どうにかしよう。

ジュリアーノは立ち上がる。これで顔合わせはおしまいなのだ、とその態度でわかった。

どうして、わたしと結婚するんですか？

ロージーはどうしても聞きたかったことを聞いてみた。

気まぐれ。

ジュリアーノはそう言って、部屋を出る。振り返りもせずに、名残り惜しそうにも見えず、やさしい言葉もひとつもかけずに。

それが出会い。印象は最悪。

繊細な銀の髪の王子なんていなかった。ただの傲慢な男がそこにはいた。

そのあとにされたことも、すべてマイナスな印象しかない。ロージーのことをおもちゃだと思っているかのような扱い方。

それなのに、結婚したらわたしだけ？

どういうこと？

「どうして選んだか？」

ジュリアーノが首をかしげる。

「そういう結婚ができる相手を見つけたらいいんじゃないの？」

これから先、この人だけでいい、と思えるような。

「第一に、俺が選べる相手は条件が決まっている。どこかの国のお姫様か、どこかの国の王族か、どこかの国の大富豪か。これは、本人が大富豪であって、親が、じゃない。自分ですべての金を使える大富豪だ」

「若くて女性の大富豪ってこと？」

「そういうこと。つまり、この条件は無理だ」

でしょうね。

「どこかの国って、国内はだめなの？」

「国内から選ぶと血で血を洗う争いになる。俺と結婚したい、それなりの身分のある女性はとんでもない数いるからな。だれかが有利となると、その人を殺しかねない。昔、本当にそういうことが起こったんだ。だから、人気のある王族は国内の女性と結婚することを禁止されている」

怖い。その人を殺したところで、自分が結婚できるわけじゃないだろうに。

パーティーなどで頻繁に会っていて、いつも姿を見ていたり、おしゃべりをしたり、それ以上のことをしてしまうと、この人は自分のもの、という考えが働くのかもしれない。なまじライバルも身近にいる分、亡きものにしようとしてしまうのかも。

人気があるのもよしあしだ。

あれ、でも、そうしたら……。

「人気がなければ？」

どうなるのだろう。

「それは、お好きにどうぞ、だ」

ジュリアーノがくすりと笑った。

「残酷だよな。国内の女性と結婚できるかできないかで人気度がわかってしまう」

たしかに残酷だし、趣味が悪い。

「それは、次期国王だとしても？」

「そうだ。次期国王とかは関係ない。我が国は周りを吸収していくことで大きくなった。純粋な血統とかは求めていない。女性たちが殺しあったりしない、平和な嫁取りが求められている」

なるほど。

「女性が第一継承者の場合はどうなるの？」

ロージーのような。

「うちは女性が次期国王になることはないんだ」

「え？」

そうだったのか。自分の国じゃないから、そういった細かいところは知らない。そして、それはおかしい、とも思わない。

その国にはその国のルールがある。

それを尊重しないといけない。

「国王の子供は男性にだけ、年齢の順に王位継承権がつく。正妃の子でも側室の子でも関係ない。俺は五男だから、五番目に国王になれる。ま、回ってくることはないけどな」

「回ってきたら？」

わたしは国王の伴侶ってことになるの？

「そのときはやるしかない。ただ、国王が退任して新しい国王になったら、王位継承権は新しい国王の子供につくから、俺はなんの関係もなくなるけどな」

あれ、ちょっと待って。正妃とか側室とか言ってたわよね？

つまり、正式なお妃さまと側室がいることになる。

ジュリアーノはどっちの子供なんだろう。

「俺は正妃の子供だよ」

「…わたしの考えが読めるの？」

「読めるっていうか、それが聞きたそうな顔をしてた。失礼だから聞かないけど、って顔もしてた。育ちがいいとそうなるよな。ズケズケ聞いてくるやつは苦手だ」

たしかに、私的なことをズケズケ聞かれるのは心地がよくない。

だったら、ズケズケ聞いてしまおう。

ジュリアーノにきらわれる…のは、あんまりよくない。結婚を破談にされてしまうと、とってもとっても困る。

でも、これまでの仕返しぐらい、してもいいわよね。

「国王には側室がいるのに、あなたは結婚制度を順守するの？」

「国王だから側室がいるんだ。王位継承権を子孫のみにしないと、これまた、血で血を洗う争いが起こってね」

ああ、それはわかりやすい。権力闘争は昔からどこの国でも起こっている。

この国ぐらい大きければ、国王になりたい人も多いだろう。ロージーの国みたいに小さいと、さすがにそこまでして奪いたい人はほとんどいない。それでも、一切ないわけではない。ロージーの祖先だって、どこかで権力を奪ったのだ。

「国王になる前に正妃との間に子供が生まれていることがほとんどだから、だいたいはその子がつぎの国王になるんだが、たまに女の子ばかりということもあって、そういうときは側室を何人もつけられる。大変だよな。子供を作る道具みたいで」

「そうね。側室って大変よね」

「は？　俺は国王の意味で言ったんだが」

なるほど。それぞれ、まったくちがう立場から見ていたわけだ。

「国王は楽しいんじゃないの？」

「冗談だろ。男の子を作れ、というプレッシャーの中、毎日毎日、だれかと性交しなければならない。そんな暮らし、俺は耐えられない」

「毎日毎日、性交している…いたのに？」

いまはしていない、という言葉を信じるのだとすれば。

「だから、好きなときに好きな相手とするのと、あてがわれた好きでもない相手とするのとはまったくちがうんだよ。おまえにはわからないだろう」

「わかるわよ」

いまのロージーがその立場だ。

「わたしはあなたが好きじゃないけど、結婚して初夜を迎えて、その後も定期的に性交をするのよ」

「え！」

ジュリアーノが心底驚いた表情をする。

いったい何がそんなに、とこちらが不思議に思うようなびっくり顔。そんな顔をするんだ、というのもおもしろい。

「俺のことが好きじゃないのか？」

「えええええ！」

今度はロージーが驚く番だ。

「どうして好きだと思うのよ！」

「俺のことをきらいな女なんていない」

きっぱり断言。

さすが自信家。見事なものね。

「ここにいるわよ」

「どこがきらいなんだ。言ってみろ」

「どこ…」

さすがにいろいろ言うのはためらわれる。

「ほらな」

ジュリアーノが、ふふん、と笑った。

「あなたのことがきらい、と言いつつ、俺の気を引きたいんだろう」

「全然ちがうわっ！」

自信家なところ、どうにかならないかしら！

あ、そうだ。

「そういう自信家なところがきらいなのよ！」

これなら、別にそこまで傷つけることもない。

ジュリアーノを傷つけようとかまわない、とまでは思っていない。ロージーだって完璧な人間じゃないし、出会って一ヶ月しかたっていないジュリアーノに悪いところをつらつら並べられたら、憤《いきどお》ると同時に心底落ち込む。

「ああ、なるほどな」

ジュリアーノが、うんうん、とうなずく。

「つまり、おまえは大人の男が怖いんだな」

「はあ？」

この人は何を言っているんだろう。話が通じない気しかしない。

「自信家で自分を持っている大人の男が怖いんだ。まだ…いくつだっけ？」

「十九歳よ！」

本当にわたしのことに興味ないのね。腹立たしいこと。

「十九歳か。あのころは平和だった」

「そんなに昔の話じゃないでしょ」

ジュリアーノは二十六歳になったばかり。ついこないだ誕生日を迎えたことは、お城中、その話でもちきりだったので知っている。

ロージーはなんのお祝いもしていないけど。

だって、その日から数日、ジュリアーノは部屋にやってこなかったし、お金も持っていないからプレゼントも買えないし、お金を持っていたとしてもどこで買っていいかわからないし、誕生日を祝う気分でもなかった。

本人も何も言ってないから、特に気にもしていないのだろう。たくさんの人にお祝いされすぎて、だれから祝ってもらったのか、もらっていないのか、それすらも覚えてない可能性もある。

ロージーも国にいるときはそうだった。盛大な誕生日パーティーを開いてもらって、たくさんの人が来てくれて、一日中、おめでとう、と言われて、その日にだれがいたのか、正確な記憶はない。仲のいい人なら覚えているけれど、たまにしか会わない人なら、なおさら。

「七年前だぞ。昔も昔、はるかに昔すぎる。自分が七年後にどうなるのか、考えてみたらわかるだろう」

たしかに七年は長いかも。

「まあ、いい。こうやって話をしている時間ももったいない。せっかく裸でいるんだし、さっそくするか」

「待って！」

ジュリアーノがロージーに触れようとして、ロージーはその手を押し返した。

「わたしは話がしたいの。ずっと、話がしたいと思っていた」

「そうか。だったら、また別の機会に」

「だめ！」

逃げられそうな気がする。

「だめじゃない。いまは本当に時間がないんだ。今度、きちんと時間を作るから」

「本当ね？」

「約束を守るつもりはある」

「つまり？」

「守れなかったら、すまない」

潔《いさぎよ》い。

でも、それだと困る。

「だったら、いま…」

「うるさい」

ジュリアーノがロージーの口をふさいだ。手で、じゃない。唇で、だ。

「んー！」

ロージーはバタバタと手足を動かす。

キスをされるのははじめてじゃない。とにかく、いろんなことをされてきた。

それでも、こういう不意打ちはびっくりする。

ぬるり、と舌が入ってきて、ロージーはそれから逃れようとする。あまりにも慌てすぎて、舌をどこに動かしているのか自分でもよくわからなくなってきた。ジュリアーノがくすりと笑うのが、触れている唇で感じられる。

それも、なんだか悔しい。

結局、唇の中で逃げるにもあまりにも空間がなさすぎて、すぐにつかまってしまった。舌を絡められて、ロージーはドンドンとジュリアーノの胸をたたく。ジュリアーノはまったく気にした様子もなく、舌を絡めつづけた。

「ふっ……ん……っ……」

じんわりと頭の奥の方がしびれてくる。これがなんなのか、いつもわからない。

快感というよりは、ちょっとちがうもの。

舌をこすられて、くすぐられて、離されて、また絡められて。

ジュリアーノに翻弄される。

唇が離れたときには、ロージーの息があがっていた。

「さて、今日は何をしようかな」

ジュリアーノが楽しそうにロージーを見てくる。

にしてみよう」

「冗談だろ。忙しい中、わざわざやってきたのに。あ、そうだ。おっぱいをもっと感じるようにしてみよう」

「いい……っ……！」

こっちこそ、冗談じゃない。おっぱいがこれ以上感じるようになるなんて、絶対にいや。どこもかしこも敏感になるのはごめんだ。だって、ジュリアーノの好きにされてしまう。それがジュリアーノの望みなことはわかっているから、できるだけ抵抗したい。

「そうか、いいのか。つまり、賛成ってことだな」

人の顔色を読めるくせに、こういうときだけわざとそんなことを言う。本当に意地悪で最低。

「じゃあ、そうだな」

ジュリアーノが手元に持っていた袋を開ける。あの中に、いろいろな道具が入っているのだ。毎回おなじなのか、それともちがうものが入っているのか、それは知らない。だって、中身を見たことがない。見たいとも思わない。

その袋はブルーで結構大きい。手提げのような形で刺繍《ししゅう》がしてある。幾何学模様というのだろうか、あまり装飾に意味はない。それでも、金の糸で縫ってあるその模様はとてもきれいで、思わず見とれてしまう。

中に入っているものは、まったくきれいでもなんでもないけども！

ちなみに、ジュリアーノはこれまで一度も洋服を脱いだことがない。白いブラウスにベスト、膝丈のパンツという、いかにも室内着な格好でやってきて、そのまま帰っていく。

ロージーは全裸になったり、半裸になったり、ドレスを着たままだったり、ジュリアーノの思いのままなのに。

そうだ。

「脱げば？」

ロージーはじっとジュリアーノを見た。

「あなたも洋服を脱ぎなさいよ。二人で裸になりましょう」

そうしたら、この恥ずかしさも少しは薄れるかもしれない。ロージーだけが裸だから、いけないのだ。

「とても積極的なお誘いだな」

ジュリアーノが笑う。

「でも、俺が脱ぐのは初夜の日と決めているんだ」

「わたしだって、初夜の日に脱ぎたかったわ」

いや、待って。

初夜の日も脱ぎたくない。

「それは残念。おまえが性交に慣れていて、俺がなんにも教えなくてよかったら、初夜の日にはじめて裸を見せあえたのにな」

まったく残念でもなさそうに言う。

本当に腹の立つ人だ。

「大丈夫だ。おまえの裸はきれいだから、これから二ヶ月見まくったところで、飽きることはない。自信を持て」

そういうことじゃない！

「俺のことを自信家だと罵《ののし》るけれど、おまえは自信がなさすぎる。そこそこ美人で、まあまあかわいくて、ある程度教養があって、それなりにスタイルがいいんだから、もうちょっと自信家になればいい」

ほめられている気がしない。そこそこ、とか、まあまあ、とか、そういう形容詞は全部省いてほしい。

そこそこ美人でまあまあかわいい、って、なんだか美人でもかわいくもない気がする。

「そんなおまえの豊満なおっぱいを感じる場所にしないとな。よし、これにしよう」

ジュリアーノは袋から棒を取り出した。また棒か、と思ったけれど、よく見ると、これまでとはちがって、細くて短い。ジュリアーノの指の長さぐらい。硬いのかやわらかいのかは、まだわからない。

「それで何をするの？」

わからないことは聞いてみる。

「さあ、何をするんだろうな。楽しみにしてろ」

にっこり笑う、ジュリアーノが怖い。

楽しみになんかしようがない！

「ん…っ…あっ…あぁん…」

透明な棒はやわらかいと硬いの中間ぐらいで、ぐにゃりと曲がりはするけれど、ふにゃふにゃではない。

それでさっきから、ずっと乳輪を刺激されている。

乳輪の上を、くるり、くるり、と回されて、そこがぷくんとふくらみきっていた。たまに押しつけられると、棒が曲がって乳首に当たる。それがいっそう、ロージーの快感をあおっていく。

「やっ…もっ…」

ロージーはぎゅっとシーツを握った。

「もともと感度はいい方だったが、やっぱり開発していくとちがうな。前よりも敏感になっている。育てるのは大事なことだ」

なにかの実験みたいに言わないでほしい。

「このふくらむ乳輪がいいんだよな。きゅっと縮むのはまたそれでいいが、俺はふくらむ方が好きだ。いやらしい感じがするだろ?」

乳輪がふくらもうが縮もうが、どうでもいい。そもそも、他人の乳輪を見たことがない。

「こっちも」

右から左へ、棒が移る。

「だめっ…!」

その棒を払いのけたいけれど、それはできない。

何かしたら、時間が延びるだけだぞ。

最初にそう釘《くぎ》を刺されている。

左の乳輪に棒が当てられた。

「ふぁ…っ…」

ロージーの体がのけぞる。

また、くるり、と回されて、乳輪がふくらみ始めるのがわかった。

「すごい。すぐに反応する」

ジュリアーノがからかうように言った。恥ずかしさに、カッと頬が染まる。

「おまえは乳首もぷっくらふくらむから、おっぱいがとてもいやらしい見た目になって、俺好みだ」

そんなのまったく嬉しくない。

「あ、そうだ。こうしよう」

ジュリアーノがベッドから下りた。棒が乳首から離れて、ロージーはほっと息をつく。

このまま戻ってこなければいいのに。

ジュリアーノがテーブルから水差しを持ってきた。

「お水を飲むなら、グラスがあるわよ」

何も水差しから飲まなくても。

「そうか。グラスに水を入れて、そこにつければいいんだな。おまえはいいことを言う」

つける？　どういうこと？

ジュリアーノにほめられるからには、何かよけいなことを言ってしまった気がする。

ジュリアーノがグラスに水を注いで持ってきた。ベッドサイドテーブルにそれを置いてから、グラスの中に棒をひたす。

棒を水につけてどうするんだろう。

ジュリアーノが棒を持ちあげた。そのまま乳首の上に持ってくる。

待って。ちょっと待って…。

「ひぃ…っ…ん…っ…！」

　ぽつん、と水滴が乳首に落ちてきた。

「はぅ…っ…」

　また一滴、さらに一滴と、どんどん乳首に垂らされる。これまでにない感触に、ロージーの体が、びくびくっ、と大きく震えた。

「やめっ…！」

「やめない」

　ジュリアーノがまたグラスに棒をひたす。そして再び、乳首の上に移動させる。今度はさっきよりも近くに。

　ぽつん、ぽつん、ぽつん。

　一定間隔で乳首を水滴が襲ってきた。

「いやぁ…っ…あっ…はぅ…っ…」

「乳首がすごいとがってるぞ」

　見たくない。

　見たくないのに。

　ロージーはどうしても好奇心に抗《あらが》えずに視線を落としてしまう。

　ぷくんとふくらんだ乳輪。つん、と突き出た乳首。そこに水がかかって濡れている。

　いやらしい、と思った。

はじめて、自分の乳首をそう認識した。

これまでは何をされても、そんなふうには思わなかったのに。

「反対側もしないとな」

棒がグラスの中に入る。あのグラスを落としたい。割って、粉々にしたい。

だって、これ以上されてしまったら…。

今度は棒が反対側の乳首に寄ってきた。乳首以外の肌にも水滴が落ちているのに、そこは特に感じたりはしない。少し冷たいな、と思うぐらい。

なのに。

ぽつん。

乳首に水滴が触れた瞬間に、体中に電気が走ったみたいになる。

「あぁ…ん…っ…」

びくん、と体は跳ねるし、声がどうしてもこぼれてしまう。

棒の先端で水がふくれていって、ある程度の大きさになるとそれが落ちていく。その様子を見ていることしかできない。

水滴が乳首に到達した瞬間、また新たな快感がわき起こってきた。

「ひゃ…ん…っ…」

乳輪はふくらみきって、乳首はこれまでにないぐらい、つん、と突き出している。水滴を垂らされつづけて、ロージーはそのたびに体を激しく震わせる。

「ふぇ…っ…ジュリア…ノ…おかしく…なりそっ…だから…ぁ…」

もう、やめてほしい。

「そうか。それはかわいそうだな」

おかしくなればいい。

いつものように、そうやって突き放されるのかと思っていたらちがった。ロージーはほっとする。

よかった。これ以上、水滴に苦しめられないですむ。

「俺ももう十分楽しんだから、水を垂らすのはやめておこう。さて、どのぐらい硬くなったかな」

ジュリアーノがロージーの乳首に触れた。ちょん、と乳頭をつつく。

「あぁ…っ…あっ…あぁ…ん…っ…！」

これまでもおっぱいを揉まれたり、乳首をいじられたことはいくらでもあった。それなのに、全然ちがう。

ジュリアーノの指からそういった作用を起こす何かが出ているかのように、全身がしびれている。

「カチカチじゃないか。それに感度もあがってる。よかったな」

どこがよ！　なんにもよくない。

「乳首は硬いのに、乳輪はふわふわとやわらかい。いいな、このコントラスト」

乳輪は指でつままれた。そこですら、ロージーに快感をもたらす。

これまで、乳輪で感じたことなんてなかったのに。

「両方いじってみよう」

ジュリアーノが棒を手から離して、ロージーの乳首を両手でつまんだ。

「はぁ…っ…ん…」

ロージーの体が大きく反《そ》る。

「いい反応だ。乳首もとがって、いじりやすい」

乳首をくりくり回されて、ロージーは、びくん、と震えた。

指の腹でこすられたり、乳頭をつつかれたり、きゅっとつまみあげられたり、ピン、ピン、と弾かれたり。

乳首をしつこく責められて、ロージーの頭がぼんやりしていく。

「ジュリアーノ…っ…もっ…だめ…っ…変になる…っ…！」

これまでとは何かがちがう。

でも、何がちがうのかはわからない。

「どんなふうに？」

「わかんな…っ…ひゃぁ…ん…っ…ふぇ…っ…あぁん…っ…」

乳首を親指と人差し指で挟まれて、上下にこすられた。

その瞬間。

「あぁぁぁ…っ……!」

ロージーの膣が、びくびくっ、と震えて、たらり、と中から蜜が垂れてきた。

「優秀だな」

ジュリアーノが乳首から指を離して、ロージーの頬をなでる。

「乳首でもイケた」

ロージーは、はあはあ、とあえぐことしかできない。

こないだのとはちがい、長く焦らされたあとの絶頂は快感と同時に疲労も運んできた。

体に力が入らない。

そして、また眠い…。

「今日はこれでおしまいだな。じゃあ、また…いつかはわからないがやってくるから楽しみにしておけ」

楽しみなんかじゃ、全然ない。こんなふうに開発されていって、自分の体がどうなるのかも怖い。

これが頂点だったらいい。

でも、たぶんちがう気がする。

いろいろ言ってやりたいことはあるのに、けだるさが勝って話したくない。このまま眠ってしまいたい。目を開けているのも面倒だ。

「おやすみ」

ジュリアーノの手が、ロージーのまぶたをそっと閉じた。

その手の感触があまりにもやさしくて、ロージーはびっくりする。

さっきまで、乳首を責めたてていた人とおなじとは思えない。

「しばらく眠るといい」

薄手のタオルケットを体にかけてくれた。

…これは本当にジュリアーノ？

こんなに親切だったかしら。

「…あり…がと…」

さすがにお礼を言わないと、とどうにか言葉をしぼりだした。声はかすれているし、ささやきに近いけれど、聞こえただろうか。

「どういたしまして」

どうやら、届いたらしい。

よかった。

何かしてもらったら、お礼ぐらいは言いたい。
「じゃあ、また」
ぽんぽん、と髪をなでられて、その手の感触にもなぜか安心してしまう。
…変なの。
この感情はなんだろう。
わからない。
だったら、眠ってしまえばいい。
わからないまま、眠りの中へ。

第四章

「お誘い、ありがとうございます」

中庭に用意された小さなテーブルと向かい合わせに置かれた二脚の椅子。そして、日よけのパラソル。

水色に統一されたそれが、さわやかな印象をもたらしている。

秋も深まってきたとはいえ、お昼はそんなに寒くはない。ドレスの上にストールを巻けば、屋外でも十分だ。

今日はマッテオとのお茶会。

マッテオがロージーの部屋に訪れてきてから、一週間がたっていた。マッテオの存在すら忘れかけていたところで、お茶会の招待状が届いたのだ。

『明日の午後三時、中庭でお茶会を開催します。よろしければご参加ください』

かわいくデコレーションされた招待状に自然に微笑んでいた。こういうものをもらうのも、本当にひさしぶりだ。

返事を書いた方がいいのか迷ったけれど、どこに届けていいのかがわからない。断るならともかく、参加するつもりだから返事はいいことにした。

ミンディには夕食のときに、明日はお茶会なの、だから、おやつはいらないわ、と告げた。

夕食のときなら詮索されないだろう、と思ったからだ。

別に秘密にしておきたいわけでもないけれど、説明するとややこしいことになりそうで。

そうですか。承知いたしました。

ミンディはそれだけ答えた。

よかった、とほっとした。

なのに、いま、ミンディは少し離れた場所に立っている。

ロージーさまをお一人にするわけにはいきませんので。

しれっとした顔でそう言って、ロージーについてきたのだ。

「こちらこそ、お誘いに応えてもらってありがとう。来てくれなかったら、一人でお茶をするところだった」

「なんの予定もないですから」

この三日間、ジュリアーノも現れていない。結婚式を前にますます忙しくなった、と言っていたから、仕事があるのだろう。

時間をつくる努力をする、と約束したくせに、いまだにまったく時間をつくってくれていない。部屋に来ないぐらいだから、しょうがないんだけど。

「そうなんだ。結婚式前のお姫様は忙しいものだとばかり思ってたよ」

「わたしはすることがないんです」

唯一の楽しみはウェディングドレスの試着。ようやくすべてがそろったとのことで、明日かあさってには試着が始まるらしい。

ドレスを選ぶのは、とてもうきうきする。

たとえ、結婚相手がジュリアーノであったとしても。

「そうなんだね。じゃあ、退屈だろう」

「いえ、そんなこともないです。この国について知らなすぎるので、たくさん歴史書を読んでいます。なかなか楽しいです」

ほかにもいろいろな本を読んでいる。特に、主人公が自由に世界を旅する物語が好き。いろんな国に行って、そこで出会った人たちと楽しく過ごす。それだけなのだけれど、とてもおもしろい。

たぶん、ロージーはその主人公のように旅をしたいのだ。

たったひとつの荷物を持って、好きなときに好きなところへ出向く。そして、自分を知らない人たちと出会い、絆《きずな》を築いていく。

そんなこと、ロージーにはできない。

とてもうらやましい。

「おーい」

目の前でふられている手に気づいて、ロージーははっとした。

「あ、ごめんなさい。わたし、よく思考を飛ばすんです」

ジュリアーノにも注意されている。

「そうなんだ。いまは何を考えていたの？」

マッテオがやさしく聞いてくれる。

いい人だ、と思った。

いとこのだれかさんとは全然ちがう。あの人は、集中しろ、って怒るだけ。…怒ってはないか。それは言いすぎた。

ジュリアーノのことは置いとこう。

「自由に旅をするっていいな、と思ってました」

「王族は自由に旅とかできないからね」

「マッテオもですか？」

「そうだよ。もし、ぼくがどこか旅先で喧嘩《けんか》に巻き込まれて殺されたりでもしたら、その国と戦争になりかねないからね。そんな危険を避けるために、きちんと護衛は連れていく。王族ってめんどくさい」

「本当ですよね」

ロージーは、うんうん、とうなずいた。

「護衛も連れず、普通にそこの住人と話してみたいです」

「でも、お姫様だってわかったら、さらわれちゃうかもしれないよ」

「そうなんですよね」

旅をする本では、出会う人たちはみんないい人ばかり。たまに悪人がいても、最後は助かる。

実際にはそうじゃない。さらわれて身代金を払ったとしても、殺されることだってある。

「ロージーみたいにかわいければ、だれだってさらって手元に置きたくなるだろうし」

「まあ、そんな」

ロージーは、ふふ、と笑った。

こういうお世辞は言われ慣れている。特になんとも思わない。

「ああ、お茶を注いでなかったね」

マッテオが大きなティーポットを持って、カップに紅茶を注いでくれた。

「あら、すみません」

そういえば、給仕をする人がだれもいない。ちらり、とミンディを見ると、知らん顔をしている。

いまは公務外なので手伝う気はないということだろう。見張りでついてきただけのようだ。

護衛みたいなものかもしれない。

マッテオはロージーをさらったりはしないけど。

「スコーンもどうぞ」

銀のお皿に銀の蓋。それを開けると、スコーンが数種類、並べられていた。クリームとジャムもある。

「ありがとうございます」

お昼はしっかり食べたので、おなかは空いていない。でも、ひとつぐらいもらっておこう。

スコーンを取ると、ほのかに温かかった。焼きたてのスコーンはとてもいい香りがする。

半分に割って、ジャムをつけた。ひとくちかじると、さくっとほどける。この国のスコーンはサクサクしている。ロージーの国ではもっとしっとりしていたので、そういうちがいもおもしろい。

紅茶を飲んだら…。

「これは！」

故郷の味！

「そう。きみの国から取り寄せたよ。それに時間がかかってね。しばらく待たせてしまった。ごめんね」

「いえ！」

なつかしくて、涙が出そうだ。

「そんな親切にしていただいて」

「親切？　このぐらい普通じゃない？　ジュリアーノだって、そのぐらいしてくれるよね」

「ぜんっぜん！」

ロージーは思わず大きな声を出してしまう。

「あ、すみません」

慌てて口をふさいだ。

「そんなに否定するほど、ジュリアーノはひどいやつなの？」

マッテオがくすくす笑っている。

「いえ、ひどくはないです。マッテオほど気がきかないだけで。ジュリアーノはとても忙しいので、紅茶を取り寄せている暇はないんですよ。それに、この国はコーヒーが名産なので、あんまり紅茶を飲まなくないですか？」

三時のお茶の時間もほぼコーヒーだ。ロージーはたまに頼んで、紅茶を出してもらっている。

でも、紅茶はそんなに香りがよくなくて、コーヒーの方がおいしい。名産品って、よくできている。

「そうだね。朝から晩までコーヒーを飲んでいることが多いかな。夜はお酒だけど。紅茶はあんまりおいしくないんだよね」

「そうなんですよね。残念です。わたしは紅茶で育ったので、たまにはおいしい紅茶が飲みたいな、と思っていたところなんですよ。なので、この紅茶が飲めて嬉しいです。ありがとうございます」

頭を下げたら、そんなそんな、と微笑まれた。

「たいしたことはしてないよ。故郷の味はなつかしいからね。せめてものおもてなしをしようってだけ」

「それをしてくださるのがマッテオしかいないんです。本当に嬉しいです」

最初、部屋を訪ねてきたとき、少し怪しいな、とは思った。だって、ジュリアーノとはそんなに親しくないのに、わざわざ会いにきたんだから。

でも、親切なだけだった。本気でロージーを心配してくれている。

それがありがたい。

「みんな、遠慮しているからね。ロージーのことを知りたいって人は多いんだよ。ぼくは図々しいから、お邪魔しちゃったけど」

「そんなことないです！」

ロージーは力説する。

「みなさん、どんどん来てくださってかまわないんですよ！　ぜひ、そうお伝えください」

食事を王族の人たちと一緒にするのは、さすがに気おくれがするけれど、お茶ぐらいならしたい。いろんな人に話を聞きたい。

「わかった。伝えておくね」

「ありがとうございます」

「そんな、お礼ばっかり言わなくていいよ。ぼくたち、友達だろう？」

「友達…？」

きょとんとしていたら、マッテオが首をかしげた。

「ちがうの？　そう思っているのはぼくだけ？　ただのうぬぼれだったかな」

「ちがいます！　まだ二回しかお会いしていないのにお友達でいいのかな、と思っただけで、嬉しいです。お友達になってください」

「ロージーっておもしろいね」

マッテオが興味深そうにロージーを見つめてくる。ジュリアーノに似ているようで、やっぱり、あまり似ていない。

「そうですか？」

「そうだよ。ジュリアーノが気に入るのもわかる」

「気に入ってませんよ」

気に入ってたら、あんな態度にはならない。もっとロージーのことを知ろうとする。もっともっと訪ねてくる。

……訪ねてこられても困るんだけど。

「結婚してもいいぐらいには気に入ってるよ。これまでは、どんな縁談も断ってたんだから」

「どうしてでしょうね」

縁談がないわけはない。ジュリアーノなら、ロージーの何倍も申し込みが来ているはずだ。

それでも、結婚しなかった。

「ロージーに一目惚れしたとか？」

「一目も会ってないときに決まりました」

肖像画は見ているかもしれないけれど、それは会ってるとは言わない。そもそも、肖像画が本人にそっくりという保証もないし。

「そうなんだ。知らなかった。それは驚きだね」

マッテオが本当に驚いている。ということは、なぜロージーを選んだのか、周りの人もわかっていないのだ。

気まぐれ。

どうでもよさそうに言われた、あの言葉がまたよみがえる。

本当にただの気まぐれみたいだ。

「ジュリアーノにしてみたら、結婚していいことなんてないですよね。独身でいた方が、いまみたいに自由にできると思うんですけど」

「独身とかは関係ないんじゃないかな。ジュリアーノは、結婚しても女遊びをやめないと思うよ。ロージーには申し訳ないけど」

マッテオが気の毒そうな表情を浮かべた。

「そう思います？」

ロージーもそう思っていた。

「だって、ジュリアーノだよ？」

マッテオが肩をすくめる。

「パーティーに現れたら、その数分後には女性と消えているジュリアーノなんだよ？」

「それはすごいですね」

せめて、シャンパンぐらいは飲めばいいのに。

そういう問題でもないか。

「またすぐに現れて、しばらく談笑して、また女性と消えて、また現れて、さて今日は何人と、と数えられるジュリアーノだからね」

「絶倫ですね」

マッテオがぽかんと口を開けて、大声で笑いだした。

「本当にきみはおもしろいね！」

手まで叩《たた》いている。

「まさか、女性の口からそんな言葉を聞くとは。意味はわかっているの？」

「これでも知識は豊富なんですよ。本をたくさん読んでいますから」

「実体験は…、これは聞いてはいけないね。失礼した」

「そうですね。聞いてはいけないことだけれど許します」

少し不快にはなったけれど、きちんと謝ってくれると好感度もあがる。

ジュリアーノはまったく謝らないから、好感度なんて下がったままだ。どうして俺が謝らなければならない、とでも思っていそう。

本当に腹が立つ。この場にいなくても腹立たしい。

「ロージーさま」

ポン、と肩を叩《たた》かれた。すぐそばにミンディが立っている。

「何かしら？」

「お風邪を召されると困りますので、そろそろお戻りください。マッテオさま、失礼いたします」

ミンディが、ぺこり、と頭を下げた。どうやら、お茶の時間は終わりらしい。

「ああ、これは気づかなくて申し訳ない。そうだね。そろそろ寒くなってきたからね。今度は室内でお茶をしよう」

「はい」

ロージーはにっこりと笑う。

「とても楽しかったです。お誘い、本当にありがとうございました。また」

「うん、また」

ロージーは立ち上がった。

「それでは」

膝を曲げるお辞儀をして、ロージーはその場から離れる。ミンディも距離を開けつつ、ついてくる。

部屋に戻ると暖炉が灯《とも》してあって、それがとても温かく感じる。触ってみると、体が冷えていた。ストールだけじゃ、やっぱり寒かったようだ。

「ありがとう、ミンディ。あのままだと、風邪を引いていたわ」

「少し震えていらっしゃいましたので」

「全然気づかなかった。ごめんなさいね。あなたも寒かったでしょう」

「ロージーさまは…」

ミンディがそこで言葉を切った。

「何かしら？」

「こう言っていいのかはわかりませんが、王族らしくないですね。普通はわたくしたちのことは気にしないものです」

「あら、ごめんなさい。もしかして、迷惑だった?」

この国にはこの国のやり方がある。それに慣れなくては。

「いいえ。とてもありがたいです。ロージーさまのお世話ができて幸せです」

ミンディがにっこり笑う。

「よかったわ。わたしもあなたたち二人がお世話係でよかった。いつもありがとう」

「とんでもないことでございます。わたくしは下がりますが、あったかくなさってくださいね」

「ええ、わかったわ」

二人で顔を見合わせて、微笑み合う。

ミンディが部屋を出ようとして、ふと立ち止まった。

「あの、余計なお世話ですが」

「ええ、なあに?」

「ジュリアーノさまもおんなじように、わたくしたちのことを気にかけてくださいます。いろいろなうわさはありますし、そのうわさがすべて嘘だとは申しません。ですが、ジュリアーノさまはとてもいい方で、わたくしたちはみんな、ジュリアーノさまが大好きです。ですので、ロージーさまが嫁いでくださって、わたくしとソフィアはとても喜んでおります。ほかのみんなも、ロージーさまのことを知ったら、おんなじ気持ちになると思います」

「…ありがとう」

なんだろう。胸が痛い。

この胸の痛みがどういう種類のものなのか、よくわからない。

「さしでがましいことを申し上げました。お忘れください。それでは、夕食のときに」

「ええ、そのときに」

ミンディが出ていって、ロージーは暖炉に近いソファに座った。パチパチと火のはぜる音がする。

ぼんやりとその火を見つめながら、ロージーは、ふう、と小さく息をついた。

「ジュリアーノは…」

そのあとがまったくつづかない。どうして、ジュリアーノ、と口に出したのかもわからない。来ない日がつづくと清々するのに、ふとした瞬間にジュリアーノのことを考えてしまう。

これは、なんなのだろう。

コンコン、とノックの音がした。

ミンディが何か忘れ物でもしたのかしら。

そう思って待っていても、中に入ってこない。

ロージーは立ち上がって、ドアへ向かう。

「どなたですか？」

あ、もしかしたら、マッテオがさっそく周りの人に言ってくれて、だれか訪ねてきたのだろうか。

それだったら、嬉しい。

この国の人たちと親しくなりたい。

「俺だ」

ジュリアーノの声だ。

…嘘でしょ。まさか、この時間に。すでにお茶の時間は過ぎている。

というか、ジュリアーノなら、いつもロージーの返事なんて気にせずに入ってくるのに。

「どうしたの?」

ロージーはしぶしぶながら、ドアを開けた。どうせ、入ってくるのだ。だったら、早い方がいい。

「努力をしたぞ」

ジュリアーノが箱を持って立っていた。

なるほど、だから、ドアを開けられなかったのか。

「努力?」

いったい、なんの。

「はい、これ」

どさっと箱を渡された。そんなに重くはない。

「中身は何かしら」

不明なものを開けるのは怖い。

「土産だ」

「お土産」

そんなもの、これまで買ってきてくれたことはない。いったい、どういう心境の変化だろう。

「…ありがとう」

いくらジュリアーノが相手でも、何かをもらったらお礼を言う。そのぐらいの礼儀はわきまえている。

「お土産を買う努力をしてくれたってこと?」

「ちがう」

ジュリアーノはソファに座った。

ああ、そうか。これから、またいろいろされるんだ。

お茶の前には現れないという法則は消えた。明日からも用心しておかなければならない。

そもそも、その法則だって、ここ一ヶ月ちょっとのこと。ロージーが勝手に見つけた気になっていただけ。

ジュリアーノが、お茶の時間からあとは来ない、と宣言したわけでもない。

「話し合いの時間が欲しいと言っただろ」

「え、覚えてたの？」

すっかり忘れたものとばかり。

「努力をすると言ったから、努力して、この時間をひねり出したんだ。夕食までの時間、話せるぞ」

「ありがとう！」

自分でも驚くぐらい、心が弾んでる。

あのとき、努力はする、とたしかに言っていた。だけど、どうせ、無視されるんだろうな、と思った。

そうじゃなかった。

ちゃんと約束を守ってくれた。

きちんとロージーのことを考えてくれた。

そのことが嬉しい。

「そんなに素直に礼を言われると、かなりとまどうな。おまえは生意気そうに俺をにらんでいるところがいいのに」

ジュリアーノがくすりと笑う。

「あのね、わたしだって、好き好《この》んでにらんでいるわけじゃないのよ。あなたがとんでもないことばかりするから…、まあ、いいわ。時間がない中、訪ねてきてくれたんだもの。話しましょう」

ロージーはジュリアーノの前に座った。こういうときは、きちんと顔を見て、目を見合わせて話したい。

「土産は開けないのか」

「あ、持ったままだったわ」

あんまりにも軽いから、気にならなかった。中身はなんだろう。

箱を開けると、そこには見慣れた紙袋がいくつか。

「うそ！」

ロージーはその場で、ぴょん、と跳ねる。

「お姫様、もうちょっとお上品に喜んでいただけませんかね」

ジュリアーノがくすくす笑った。

「これ、どうしたの！」

この紙袋は、ロージーの大好きなお店のもの。若い女性店主が作る紅茶の入ったクッキーが大人気なのだ。本当に小さいお店で、あんまり数は作れない。だから、毎日それを求める人がずらりと並ぶ。クッキーだけじゃなくて、緑の葉っぱが踊るように描かれたかわいい紙袋も大人気。

このクッキーを大量生産できるようになると国の土産として商売になるのでは、と考えたこともあるが、うまくいかなかった。

店主に頼んでレシピを教えてもらった。彼女も、お役に立てるなら、と喜んで協力してくれた。それなのに、レシピどおりやっても、彼女の手でこねたり焼いたりしたものじゃないと、なぜか、そこまでおいしくない。きっと、彼女は魔法の手を持っているのだ。

だから、国の土産にするのはあきらめた。ますます、彼女の店は繁盛していった。

そこでしか買えないクッキーが六袋も！

「おまえの父上と国に関する話し合いをしてきたら、これは娘の好物ですので届けてやってくれるとありがたいです、と渡された。そんなにうまいのか？」

「食べる？」

ロージーも食べたい。

「いいな。ちょうど小腹も空いているし。コーヒーを持ってこさせよう」

紅茶のクッキーにコーヒー。それはそれで、あいそうな。

ジュリアーノが立ちあがって、ドアを開いた。その外に声をかける。

どうやら、偶然、だれかがいたらしい。

外に出るときは護衛つきだけど、いったんお城の中に入ってしまうと護衛はつかない。そこまでだれかにつきまとわれるのは、いくら王族とはいえいやだ。

なので、何か用があれば普通に使用人を探す。しばらく歩けば、かならずだれかはいる。その人に頼めばいい。

「コーヒーを頼んだから、少し待っていろ。すぐに持ってきてくれる」

「楽しみ」

膝の上に置いていた箱を床に移して、ひとつ、紙袋を取り出した。

「ねえねえ、ちょっと顔を出して」

「顔を出す？」

「こっちに寄って、ってこと」

ジュリアーノが前傾姿勢になった。その鼻先で、ロージーは袋を開ける。

「うわ…」

「ね、すごいでしょ」

少し遅れて、ロージーのところにも紅茶の香りが漂ってきた。

焼いてあるのに、ちゃんと紅茶の香りがする。それも、ふんだんに。

これも実際に焼いてみてわかったことだけれど、ある瞬間を逃すと紅茶の香りがあっさりと消えてしまう。食べたときに、あ、紅茶が入ってる、と思う程度。

だから、やっぱり、あの店主は魔法の手の持ち主なのだ。その瞬間を逃さずに、すべてをきれいに焼いている。

「うまそうだな」

「すごくおいしいの」

「そんなにうまいなら、これを名産品にすればよかったんじゃないか？」

「できるなら、とっくにやっているわ。これはね、彼女にしか焼けないの。魔法のクッキーなのよ」

「考えたことはあったんだ？」

「あるわよ。国を大きくするためにできることを考えるのは君主の役目でしょ」

「まあ、たしかに、おまえの父上はかしこい人だな」

「本当に？」

父親がほめられると嬉しい。

「本当に。何が悪いのかわかっていて、それをわかっていながら是正できなかったことがもっと悪い、と反省の弁ばかり述べておられた。とはいえ、こういう状況になった以上、そんなことを言いつづけてもしょうがない。わが属国として、ある程度以上の利益をあげる国になってもらわなければ困る、とハッパをかけたら、おまえとそっくりの気の強そうな目になって、まかせてください、と元気になっておられた。よかったな」

「それはよかったわ！」

ロージーの声が弾んだ。

父親が元気になってくれたなら、とても喜ばしい。もともと強い人だ。そうやって目的を与えられたら、きっと立ち直れる。

「ありがとう」

「おまえに礼を言われると、なんだかおかしな気分になる」

「どうして？」

いいことをしてもらったら、お礼を言う。

そんなの当たり前だ。

「いつも、憎い敵みたいににらんでくるからかな」

ジュリアーノがいたずらっぽく笑った。

その笑顔がとても魅力的で、顔がいいって本当にずるいと思う。

「あなたがとんでもないことをしなければ、わたしだってそんな態度を取らないわよ」

「とんでもないことなんてしていないぞ」

「してるわよ！」

ここ三日ばかりはされていないし、今日もしないつもりらしいけど。

「開発の件なら、そのうち、俺に感謝することになる。性交は気持ちいい方がいいんだよ。経験者の言うことを信じろ」

「あなたが気持ちよくなりたいだけでしょ」

「ちがう」

ジュリアーノは首を振った。

「一緒に気持ちよくなりたいんだ。そこを誤解するな。俺だけが気持ちよくなりたいなら、無理に挿入すればいい」

「え、そうなの…？」

性交に関しては、本当に無知だ。本の知識ぐらいしかないし、本に書いてあることが正しいかどうかもわからない。

「ペニスを膣に挿入して動かせば、構造的に気持ちよくなる。だが、俺は痛がる相手にそういうことをすると萎えるんだ。二人ですることなんだから、二人とも気持ちよくなければ意味がない」

ジュリアーノはときどき、とてもまっとうなことを言う。

結婚したら浮気をしない、とか。いまの発言とか。

あ、そうだ。そのことを聞きたいんだった。

「お待たせしました」

ドアがノックされて、ミンディが入ってくる。

「お、ミンディ！　ひさしぶりだな」

「ジュリアーノさま」

ミンディがお盆を持ったまま、頭を下げた。

「元気だったか？」

「はい、元気です」

ミンディがやわらかく笑う。

「あ、そうだ。これをひとつやる。みんなで食べろ」

ジュリアーノがクッキーの袋をひとつ、箱から取り出して、ミンディに差し出した。

「お待ちください。コーヒーの用意を先にします」

「ああ、そうだな。じゃないと、受け取れないよな」

ミンディはお盆をテーブルに置いて、ふたつのカップを用意し、そこにポットのコーヒーを注いだ。

とてもいい香りだ。

「どうぞ」

ミンディがカップをジュリアーノとロージーの前に置く。

「ありがとう」

ジュリアーノとロージーの声がかぶさった。

「お二人はお似合いですね」

ミンディが楽しそうに笑う。

「そんなことないわ！」

「まあな」

ほら、今度はかぶらない。

全然、お似合いじゃない。

「これはロージーの故郷のうまいクッキーだ」

「よろしいんですか？」

ミンディはロージーを見た。

「もちろん」

ジュリアーノがあげなければ、ロージーがあげようと思っていた。こんなにあるし、みんなに食べてほしい。

だって、おいしいもの。

あ、そうだ。マッテオにもあげよう。

「そうか。俺のじゃなかった。預かってきただけだった。勝手にあげて、すまない」

「いいのよ！」

まさか、そんな殊勝に謝られるとは思ってなかった。

「わたし一人では食べきれないし、故郷の味をみんなに食べてもらえたら嬉しい。もうひとつぐらいどうかしら？」

それでも使用人全員分というわけにもいかない。

「いえ！　そんなにいただいては申し訳ないです」

「うまっ！」

いつの間にか、ジュリアーノがクッキーを食べていた。

「これ、すごいうまいぞ！　くれるというなら、もらっとけ。争奪戦になる」

「そんなにですか？」

「俺が生涯で食べたどのクッキーよりもうまい」

「でしょ！」

ロージーは誇らしい気持ちでいっぱい。

あのお店のクッキーは本当においしいのだ。

「それでは…、もう一袋いただいてもよろしいですか？」

ミンディが遠慮がちに聞いてくる。

「ええ、もちろんよ。どうぞ」

それでも、あと三袋残っている。マッテオにあげる分を除けば、あと二袋。しばらくのおやつとしては十分だ。

ジュリアーノが、一枚、また一枚、とクッキーを食べつづけている。

「いや、本当にうまい。なんだ、これ。塩が入ってる？」

「鋭いわね」

そう、クッキーなのに塩が入っている。それがアクセントとして、うまく効いているのだ。

「塩ですか?」

ミンディが不思議そうな顔をする。

「そうなの。ちょっとだけ茶葉に塩を混ぜると、ぴりっとしたスパイスになるんだって。塩の味はそんなにしなくて、風味が出るの。食べるといいわよ。これ、まだ焼いてから時間がたってないと思うから、とってもおいしいと思う」

焼きたてはさくさくとしていて、茶葉の香りもよくわかって、本当においしい。でも、ロージーは焼いて少したってからの方が好き。しっとりとするし、味がなじんでくる。

とはいえ、一日、二日とたっていくうちに味は落ちてくる。ガラス瓶に入れて保管しておこう。そうすると、おいしいままで結構もつ。

「ここはもういいから、みんなでお茶でもしてね。あ、それと、夕食のときにガラス瓶を持ってきてくれる? クッキーを移すの」

「わかりました。ありがとうございます!」

ミンディがはずんだ声でそう言うと、クッキーの袋をふたつ持って出ていった。

「いやー、うまかった」

ふう、と息をつくと、ジュリアーノがコーヒーを飲む。

「コーヒーの存在を忘れるぐらいうまかった。いいものを食べた。娘に食べさせたい、と思うのも納得の味だな」

「でしょう」

ロージーは得意満面。

「うちの国にもおいしいものはたくさんあるのよ。わたしにもちょうだい」

手を出すと、ジュリアーノが首をかしげた。

「ちょうだい、とは？」

「クッキーよ」

「全部食べたぞ」

「は？」

一袋まるごと？

「ちょうど腹がへってたし、うまいし、あっという間になくなった。もう一袋くれ」

「だめよ！」

だって、ロージーの分は二袋しかない。ジュリアーノにあげると、残りは一袋になる。

ロージーは慌てて、箱を自分の足元に移動させた。ジュリアーノに取られたら困る。

「ケチだな」

「だって、一袋食べたでしょ。でも、わたしもこれから食べるから、少しならあげてもいいわ」

そんなに気に入ってくれたことは嬉しい。

「お、やさしいな」

ジュリアーノがにこっと笑った。

だから、その笑顔はずるいってば。

「少しだからね」

新しい袋を開けると、また紅茶の匂いが広がる。

「今朝焼いてくれたのかしら」

「そうらしい。もらったときは焼きたてだった。帰ってくる馬車の中で食べればよかったな」

「え、今朝、うちの国に？」

「昨日の夕方に父上とこれからのことを話し合って、夜はご両親と国の重鎮たちと食事をして、そのまま泊まって、今朝旅立ってきた。隣国は近いからいいな。すぐに行けて、すぐに帰ってこられる」

「だから、この三日間いなかったの？」

ロージーの国に行くために。

「それだけじゃないが、主な目的はおまえの国だな。美しい国だった」

「そうなの」

ロージーもそう思う。

とても美しい国。

「山がたくさんあるでしょう？　そこに紅茶の木を植えているの。標高が高いところの茶葉はとても高値で売れるのよ。どうしてかはわからないけど、香りがよくなるの。昔の人はいろんなことを試して、そういうのを知っていったんでしょうね。わたしたちはそれを受け継いで、きちんと経営しなければならないのに…」

こんなことになってしまった。

ロージーは知らなかったとはいえ、やっぱり申し訳ない気持ちになる。

「終わったことはしょうがない。俺だって、たくさん買ってくれるところがあれば、そこに優先的に回す。もっと買ってくれれば、もっと回す。輸送とかを考えるとその方が楽だし、売上が見込めると安心できる。なにもまちがってはいない。ただ」

「ただ？」

「その国の状況がどうなのか、そこを把握しておかなかったのはまずかった。かなり遠方で、そんなに情報がないとしても、一国に頼っているのなら、それを怠るのはだめだ。俺は顔だけがいいように見えるかもしれないが、かなり頭もいい」

出た、自信家。

でも、いまは特に気にならない。

真面目な話をしているからだろうか。

「その国がなくなったらどうなるのか、そこを考えて行動する。用心深いと言ってもいいな。長いつきあいだろうと、切られるときは切られる。だから、何かあったときにすぐに動けるように、新しいところを見つけておくんだ。しかし、驚いたな」

「…何が？」

真剣な表情をしているジュリアーノに、うっかり見とれてしまっていた。危ない、危ない。しっかりしないと。

「紅茶が国の財政にあれだけ寄与している、という事実に。うちはコーヒーが名産だが、正直、そこまで売れていない。コーヒーなんて国の収入の数パーセントにしかすぎない。紅茶とコーヒーって、そんなにちがうのか」

「この国は大きくて、うちの国は小さいからじゃないの？」

もともとの財政状況がまったくちがう。

「それがちがうんだよ。うちの国の財政にそのままあてはめたとしても、十パーセントは超える。明らかにコーヒーよりも売れてるんだ。もちろん、うちだって、コーヒーが売れるならその栽培に力を入れるが、実際、売れないからな。だから、いまの規模ではあるんだけど」

ジュリアーノはそこで言葉を切った。

「なんか、悔しい」

それが子供みたいな言い方で、少しかわいく見えて、ロージーは笑ってしまう。

「クッキーでも食べて、落ちついて」

袋から出そうにも、お皿がない。だったら、袋を破ればいい。

いちいちお皿に出すのはめんどうでしょう、と店主が考案してくれた。テーブルの上に袋を置いて、合わせ目に沿って破ると、きれいに一枚の紙に戻って、それがお皿がわりになる。ピリピリ破っていくのも楽しい。

はい、できた。

「どうぞ、食べて」

「お、すごい！　これ、すごくないか？」

「でしょう」

今日は得意になることばかり。

「待った。これ、使えるんじゃないか？　いまはたいていのものは紙袋から皿か保存容器に移さなきゃいけないが、袋を皿がわりにする…、うん、いい。きっと、何かに役立つ。この店に行って、店主と相談してこよう」

「見たままの仕組みよ？　自分でできるんじゃない？」

「それは考案した人の権利を踏みにじることになるから、きちんと話して、お金も払って、使わせてもらう。他人の考えたものをタダで使っていいわけじゃない。頭脳だって有料なんだから」


あ、どうしよう。これは、ものすごく刺さった。

そうだ。

あの店主はきちんと考えて、何度も試行錯誤して、この袋を作ったにちがいない。それを簡単に利用するなんてまちがってる。

ジュリアーノが全面的に正しい。

頭脳は有料。

とても、すばらしい考えだ。

「ごめんなさい」

「何を謝っているんだ?」

ジュリアーノがきょとんとしている。

「この袋にたどりつくまでの過程を軽視していた。わたしたちには見慣れたもので、簡単にできると思い込んでた。まったく、ちがうのに」

「普通はそれでいいんだよ」

ジュリアーノはクッキーを頬張《ほおば》る。

「たとえば家で真似《まね》するだけとかなら、特に気にしなくていいんじゃないか。俺は商用に使おうとしているから、うまくいけば、かなりの利益を産む。それなのに、もともと考案した人に何も言わず、まるで自分の手柄みたいにするのはまちがってる、と思っただけで。まあ、そんなことをしないやつもいるけどな。自分の手柄ですよ！　みたいに、しれっと発表する。あれって、良心が痛まないのかね」

「痛む人なら、最初からやらないわ」

世の中にはいろんな人がいる。

「まあ、そうだな。本当に自分が見つけた、と思い込むやつもいるし。いろんな人がいるからおもしろい」

「そうね」

本当にそう。

「で、なんの話をしたいんだ？」

ぱりぽり、ぱりぽり。

ちょっと！　クッキーがなくなるじゃない！

ロージーは慌てて、クッキーを数枚つかんだ。そのうち一枚をじっくり眺めてから、あむっ、と食べる。

「んー！」

あまりのおいしさに、そんな声がこぼれた。

そう、これ。サクサクでホロホロで、紅茶の香りがして、少し塩気がある。どこにもない、最高のクッキー。

「いやー、うまいな」

「ね。おいしいでしょ」

「世界一と言っても過言じゃない」

「そうなのよ。でも、あそこでしか売っていないし、店主が焼かなくなったらおしまい」

もったいないけど、だれも再現できないんだからしょうがない。

「紅茶って、基本的に飲むものだからな。加工するのがむずかしい。摘んでから長く置いておくのもだめだし、成ったものから摘まなきゃならないし、大変だよな」

「でも、それでたくさんの人が仕事につけてるから、ありがたいのよ」

茶葉を摘むには人手がいる。茶葉をいぶして紅茶にするにも人手がいる。それを詰めるのも人手がいる。

そうやって、雇用を生み出してきた。

それがだめになってしまうと、まずは紅茶の木を減らさなければならない。携《たずさ》わる人の数も減ってしまう。

仕事をする人が少なくなると税収も減る。紅茶が売れない、税収がない。そうやって、どんどんお金がなくなっていく。

今年の紅茶はもうできている。茶葉を摘んで、いぶして、紅茶にして、瓶に詰めて、製品になっている時期だ。

だけど、それを売る相手がいない。毎年大量に買ってくれていた取引先がない。

「とりあえず、今年の紅茶は俺がどうにかする。これから、紅茶のサンプルを持って売り歩けばいい」

「え、どうして…」

そこまでしてくれるの？

「うちの属国だから。属国なのかどうかも、まあ、よくはわかっていないが。それは俺らが無事に結婚したあとで両国の話し合いで決まるらしい。まずは結婚。そのあとに話し合い。大国ってすごいよな。なんの条件も提示せずに、隣国のお姫様をさらってこられる」

自虐のようにそう言うジュリアーノにロージーは首を振った。

「そんなことない。助けてくれてありがとう。本当に感謝しています」

ロージーは深々と頭を下げる。

「ジュリアーノのおかげで、うちの両親はいまもあのお城に住めてるの。それに、わたしと両親が話し合って、ここに来ることを決めたのよ。さらわれたんじゃないわ。わたしの意思をなかったことにしないで」

「そういう気の強いところがいい」

ジュリアーノがくすりと笑った。

コンコン。

部屋のドアをノックする音。

「はい」

ロージーが答えると、ミンディが顔を出した。

「ジュリアーノさまにご来客です。急ぎの用だとか」

「だれだ？」

「コンパンエテル大公です」

「すぐに行く。悪かった。今日も時間はとれないみたいだ」

「いいの」

ロージーはにこっと笑う。

「なんとなく、わたしの中ですっきりしたから」

この人とならやっていけるかも。

そういう思いが出てきた。

ロージーに対する思いやりはないし、ロージーに興味はなさそうだし、ひどいことをこれからもされるだろう。

それでも、ロージーの国のことはきちんと考えてくれている。

それだけでいい。

いまは、それが一番大事なこと。

「そうか。なら、よかった。クッキーをもらっていくぞ」

ジュリアーノは袋ごと持ち上げる。

「どうぞ」

「反対しないのか?」

「あなたが持ってきてくれたんだから、たくさん食べて。そこまで気に入ってくれると嬉しい」

「気に入った。またもらいにくる」

「それは無理ね」

ロージーの分はあと一袋しかない。マッテオにあげなくても二袋。

大事に食べないと。

「でも、それはあげるわ」

「ありがとう」

ジュリアーノがウインクをした。あまりのかっこよさに、息をのんでしまう。

だから、そういう不意打ちをやめて!

ジュリアーノはロージーの様子には気づくことなく、出ていった。ミンディもそれを追いかけようとして、あ、と小さくつぶやく。

「ロージーさま、クッキー本当においしかったです。争奪戦になって、あっという間になくなりました。ありがとうございました」

「よかった」

ロージーはにっこり笑う。

「おいしく食べてくれたらそれだけでいいの」

「ロージーさまはすてきですね。それでは、また夕食のときに」

「ええ、夕食のときに」

すてきだって。嬉しい。

今日はジュリアーノのこともちょっとわかったし、結婚に前向きになれた。

それに、なんといってもクッキーがある。

うん、とってもいい日。

第五章

「あ…あぁ…っ…ん…あっ…イク…っ…！」

クリトリスをやわらかくこすられて、ロージーは絶頂を迎えた。

快感がどういうものかを教え込む。

そう言われて、このところずっと、こうやってイカされている。

びくん、びくん、と震える膣にはジュリアーノの指が入っていた。最近では、膣も少し感じるようになっている。

いったんイッたら、そこでおしまい。

今日は洋服を着たままベッドに横たえられ、ドレスのスカートをめくりあげられて、下着を下ろされただけ。しばらくしたら下着をつけて、スカートをもとに戻せばいい。いますぐそうすればいいんだけど、息が整ってないし手を動かすのもだるいから、もうちょっとあとで。

結婚式があと三週間と迫ったこの時期にジュリアーノもどこかに出かけることはないようで、毎日やってくる。

それも午前中に。

朝、元気に起きて、朝食もしっかりとって、さあ、活動するぞ、と体が完全に目覚めたというのに、こうやってイカされるとだるくてしょうがない。終わったあと、うつらうつらしてしまうこともしばしばだ。

性交って体力を使うんだなあ、とぼんやりとしながら思う。

ジュリアーノとの距離は特に縮まってはいない。クッキーを持ってきてくれたあとはしばらく訪れてこなかったし、その間は平和なような、少し寂しいような、自分でもよくわからない気持ちでいた。

それでも、最初のころのような嫌悪感はなくなっている。あのとき、話ができたのはよかった。

この人なら国のことを任せられる。

そう思えたのが大きい。

マッテオとは、とても仲良くなった。ジュリアーノがいない間は、ほぼ毎日、お茶に誘ってくれて、いろいろと話をした。この国のことも教えてもらえたし、ジュリアーノが王族でどういう位置にいるのか、そういうことすら知らないロージーに、家系図を持ってきてくれて説明もしてくれた。

ジュリアーノは何があっても国王にはならない。

そのぐらいの地位であることにほっとする。

だって、ジュリアーノが国王ということはロージーが王妃になるということ。それは、あまりにも荷が重い。

マッテオの話は楽しくて、あっという間に時間が過ぎていく。さすがに外は寒くなってきて、お城のどこかの部屋でお茶をする。それが毎回ちがって、ついでにお城の中も案内してもらえて、この広い広いお城のことも少しずつわかってきた。

そういうところも親切だなあ、と思う。

マッテオが好奇心からロージーを訪ねてきてくれてよかった。

「何を考えてる？」

「疲れたわ、って」

マッテオのことはジュリアーノには言っていない。ただのお友達で、やましいことはなんにもないけれど、ジュリアーノがどう思うのかはわからない。いやだからやめろ、と言われたら、それに従うしかない。

なんの気がねもなく、日常のことを話し合える。

それがロージーにとって、いまもっとも必要なことだ。

ほかの人たちともそうできればいいと思うけれど、マッテオ以外はロージーを訪ねてこない。避けられているんだろうな、と悲しくなる。

ジュリアーノのお嫁さんとして歓迎されていないのか、ロージーそのものが歓迎されていないのか、どっちかわからないけれど、たくさんの人が住んでいる城内で、まるで透明人間になったような気分だ。

だから、マッテオからのお茶の誘いはいつだって嬉しい。

ジュリアーノに邪魔されたくはない。

ジュリアーノがお茶の相手をしてくれるというのなら、また別だけど。

「疲れるのか」

「疲れるわよ。もういい？」

「んー……」

「あ、ねえ、ジュリアーノ」

そうだ、誘ってみよう。

ロージーは体を起こした。さすがに寝たままで言うことじゃない。スカートも直して、下着は…まあ、あとからでいいか。スカートの中は見えないし。

「今日、お茶しない？」

「お茶？」

「お茶しながら、おしゃべりしない？　わたし、この国のことをあまり知らないから、いろいろ教えてほしい」

独自に勉強はしているし、マッテオにも聞いたりしているが、ジュリアーノの立場から見た国というものを知りたい。

「国のことを知りたいのか？」

「ええ、知りたいわ。これからずっと住むことになるんですもの。そうよね？」

結婚したら離縁はできない。どんなに心の距離ができても、婚姻関係はつづいていく。

「そうだな。知りたいのは当然か。が、あいにくながら、これから結婚式まで、午後はずっと忙しくてな。あ、そうそう。大きな取引が決まりそうだぞ」

「おめでとう！」

ロージーはパチパチと小さく手をたたいた。

ジュリアーノの仕事がうまくいくことは、とても嬉しい。真面目にやっているのだから報われてほしいと心から思っている。

「本当に有能なのね」

「いい品物だからな」

「そうなのね。よかったわ」

「紅茶だぞ？」

「え、うちの？」

「そう」

「ありがとう！」

ロージーはぎゅっとジュリアーノに抱きついた。

「お父様が喜ぶわ！」

去年の紅茶の代金はどうあがいてももう入ってこないけれど、今年の分が少しでも売れてくれれば財政が助かる。お茶畑を潰さなくてもよくなるかもしれないし、雇用も守れる。

お金って、本当に大事。

「彼にはまだ伝えてないけどな」

「どうして？」

喜ばしいことなのに。

「決まりそう、だから。決まったら、言う」

あ、そうか。まだ決まったわけじゃないんだ。

「どんな感じなの？」

「上流階級で本当のお茶会をする習慣のある国で、いい紅茶を探している貴婦人がたくさんいて、高いものほど買ってくれそうな上客」

「最高じゃない！」

ん？　本当のお茶会？

どういう意味？

「喜んだと思ったら、すぐに顔をしかめてる。どうした？」

こんなふうにすぐに他人の感情を読むのはすごいと思う。

「本当のお茶会って何？」

わからないことは素直に聞けばいい。

「お茶会と言いつつ、酒を飲むのがほとんどだから」

「え、そうなの？」

ロージーの国では、きちんとお茶を飲んでいた。

…いや、どうだろう。ロージーは王宮のお茶会しか出席したことがない。そこでは、みんながお茶を飲んでいた。紅茶が名産品なんだから、当たり前。もっと気軽な集まりだと、お酒を飲んでいるのかもしれない。

「お茶を飲んで、おほほほほ、と笑いながらどうでもいい話をするよりも、酒が入って、気もゆるんで、だれかの悪口で大盛りあがりする方が楽しいだろ？」

「わたしは楽しくはないけど、そういうのが楽しい人の存在は否定しないわ」

ロージーはうわさ話も悪口もきらいだ。だけど、それが好きな人がたくさんいることは理解している。

「そういえば、おまえはだれかの悪口を言ったりしないな」

「好きじゃないの。何かあれば、本人に直接言うわ。陰でしか言えないなら、何も言わない。

でも、それはわたしの性格だから、あなたがだれかの悪口を言っても気には…するわね。言わないでほしい。わたしが聞きたくない。悪口を言うなら、わたし以外の人と盛りあがって」

「心配するな。俺も悪口は好きじゃない。不毛だろう、悪口って」

「不毛?」

それはちょっとちがうような。

「悪口を言ったところで、なんの解決にもならない。時間のムダだし、聞いていても気分が悪い。だから、そういう場所からは逃げるようにしている。俺も何か言いたいことがあるなら直接言う。そうすれば直してもらえるかもしれないし、どうにもならなくても、自分の気持ちをきちんと伝えられたすっきり感はある。友情にヒビが入ることもあるけど、それはそれでしょうがない。そういう相手とはうまくいかない」

ジュリアーノは本当にまっとう。大きな国の王族で、それも正妃の息子で甘やかされて育っただろうに、ものすごく普通の感覚をしている。

成長したら顔がよくてお金も権力もあって、世界は自分のもの、と思ってもいいはずで…、それはちょっと思ってそう。自信家だし、傲慢だし、意地悪だし、女遊びも激しい。

それでも、こういう芯みたいな部分がロージーとよく似ている。だから、いまはそんなにきらいじゃない。

出会ったときは、本当にひどい人！　と憤《いきどお》ってばかりいたが、こうやって話していくうちにジュリアーノのいい部分も見えてきた。

やっぱり、会話は大事だ。

「だから、悪口は不毛だ。何も産まないし、人の時間をムダに奪う。なくていい、あんなもの」

そういう意味では、たしかに不毛だ。

「それで、だ。本当にお茶だけを飲むお茶会を開催するその国は、以前、お茶会とは名ばかりの酒飲み会で面白半分に言った悪口がおかしな方向に拡散されて、上流階級のあらゆる人を巻き込んだ大騒動に発展し、数件の殺人事件まで起きたらしい」

「え！」

そんなことあるの？

「その後始末が本当に大変で、お金も時間もありえないぐらいかかって、国から、お茶会での酒禁止令が発せられた。上流階級のやつらも、あんなのは二度とごめんだ、ということで、おとなしく従っている。高い酒のかわりに、高くてうまい紅茶を出すのがステータスになっていて、そこにうまく売りこんだってわけ。高い紅茶って本当に高いんだな」

そう、高い紅茶はとんでもなく高い。だけど、量はとても少ない。高く売れる品質のものは、そんなにできないのだ。

「そのかわり、とてもおいしいわよ」

「おまえの国で飲ませてもらった。たしかに、うまかった。香りがシャンパンみたいだ」

「そう…なのか…な…？」

お酒はほとんど飲まないので、よくわからない。年齢的にはとっくに飲めるし、パーティーで少し飲んだりもするけれど、おいしいと思わない。普段はずっと紅茶だった。ここに来てからはコーヒーかお水。たまに炭酸水。コーヒーはそんなに量が飲めないので、だいたい、お水を飲んでいる。

「おまえは酒は飲まないのか？」

「飲まないわ。紅茶が好きなの」

「そうか」

ジュリアーノが、ふーん、とうなずいた。

「ジュリアーノは？」

「酒はたしなむ程度かな。酔った感覚がそんなに好きじゃないんだ」

「え！」

ロージーは驚く。

「なんだ」

「浴びるように飲むのかと思ってた」

「あのな、遊び人がみんな、浴びるように酒を飲むわけじゃない。酔って記憶が飛ぶと、約束してないことを、約束した、って言い出すやつらが一定数いてな。ちょっと痛い目にもあったんで、理性を失うような飲み方をしなくなった」

「痛い目？」

どんなんだろう。かなり興味がある。

「俺の子じゃないのを押しつけられそうになった」

「…あら」

それは本当に痛い目だ。

「用心してたのに、それでもできるときはできるんだな、なんて思ってたんだよ。俺も、責任を持って遊んでいるわけだから、子供ができたら引き取るか、養育費を渡すか、どっちかはするつもりでいた。結婚はできないけどな」

子供ができたら結婚するなんて、上流階級ではありえない。結婚相手には厳格な決まりがある。

つまり。

「家柄などがふさわしくなかったの？」

結婚できる相手ではなかった、ということ。

「そう。パーティーで給仕をしてる子だった。飲みすぎて気分が高揚しているところを誘われて、最初は断っていたんだが、いつの間にかそんな空気になってしまっていた。使用人には手を出さない、と決めていたのに、それを破ったんだよ。酒が入って思考能力が落ちると、判断力もおかしくなる。その子はそのときにはもう妊娠していて、相手の男に逃げられて、途方に暮れていた。だから、俺に子供の父親になってもらおう、と考えたらしい。あのころの俺の素行を考えたら、正しい判断ではある。その子には判断力があった。俺にはなかった。そのちがいだ」

「なるほどね」

子供を自分で育てるつもりだったのか、ジュリアーノに引き取ってもらうつもりだったのか、それはわからないけれど、王族が子供の親ならお金の心配はいらない。彼女は、母親として、そのときにできる最良の判断をしたのだ。

ジュリアーノを選んだのも頭がいい。ジュリアーノほど遊んでいれば、そういうこともあるだろう、と周囲も疑わない。

「どうしてばれたの？」

生まれてきた子がまったく似てなかった、とか？　でも、生まれたばかりだと、そういうのわからなそう。

「良心の呵責《かしゃく》に耐えられなかった。自分で育てるって言うから、毎月、指定された住所にお金を送り届けると約束して、契約を交わそうとしたときに、実はあなたの子じゃないんです、だましてごめんなさい、もしかしたら、あなたならちゃんと気づいてくれる、自分の子じゃないってわかってくれる、そして、わたしを諭《さと》してくれる、と思って、あなたを選んだのかもしれません、お金は受け取れません、自分でどうにかします、って」

「それは痛い…」

だまされたから、じゃなくて。

彼女はジュリアーノのことをそういう人だと思っていたのに、その期待に応えられなかったから。

「そう、痛い。俺のことをパーティーでよく見かけて、たしかに遊び人ではあるけれど無分別ではないし、使用人にはとてもやさしいし、好意的に見ていた、なのに、あなたはわたしの誘いに乗った、それにもがっかりしました、って」

「痛いことだらけね…」

その信頼を裏切ったのは、ジュリアーノにとってはかなりの痛手だろう。使用人にはとてもやさしい人だ、とミンディが言っていた。そのことをいまはちゃんと信用している。

すべての信頼がなくなったわけではないだろうけれど、その彼女は以前とおなじようにはジュリアーノにとって好意的ではない。

それがきっと、ジュリアーノにとってはつらいのだ。

「それはいまでも心の中の小さなかすり傷みたいになっていて、いまだにかさぶたが取れていない。パーティーでシャンパンを二杯飲んで、もうちょっと飲もうかな、と思うと、そのかさぶたがかゆくなるんだ。だから、俺は品行方正…ではないけれど、たしなむ程度にしか飲まずに記憶をはっきりさせてる」

「本当に子供ができていたら、そんな傷もなくて、かさぶたもなかったのにね」

「そうだな」

ジュリアーノがくすりと笑った。

「いや、でも、使用人に手を出したことをずっと後悔しそうだ」

「どうして？　あなたにあこがれている使用人はたくさんいるでしょう」

そこは後悔しなくてもいいんじゃない？

「立場がちがいすぎる」

「あなたと使用人の？」

「そう」

まさか、そんなことを言い出すとは思わなかった。

やっぱり、王族は王族なのだ。

立場のちがいとか、使用人を下に見ている。

それが悪いわけじゃない。普通の感覚。

だけど、ちょっと…がっかりした…のかな…？

どうしてだろう。ジュリアーノにそこまで期待していたわけじゃないのに。

「雇い主に手を出されている使用人はたくさんいて、その傷を抱えたままおなじ場所で働きつづけている子を何人も知っている。雇い主が近づいてくるだけで恐怖なのだ、と。ほかの使用人だって、その雇い主がいつ自分に目を向けてくるかわからないから怖い、と。たとえ、その子が望んだとしても、使用人に手を出してしまうと、俺も権力を笠《かさ》に着た雇い主と変わらなくなる。喜ぶ子もいるだろうが、恐怖に思う子もいるはずなんだ。いくら俺でも、全世界の女性すべてが俺を好きだとは思っていない」

「あら、そうなの?」

からかう口調で言ってみたものの、ロージーは感動していた。

立場がちがう、は、使用人をバカにしているからじゃなくて、使用人のことを最大限に思いやっているから。

命令する立場と逆らえない立場。

そのことを、立場がちがう、と表現したのだ。

そして、それはとても正しい。ジュリアーノがどんなにモテているとしても、どんなに好かれていたとしても、使用人に手を出すのはまちがっている。

どうあがいたところで対等にはなれない。堂々とおつきあいすることもできない。どこかに二人で出かけられない。結婚することもできない。

それでいい、と思っていても、そのうち、それが苦しくなる。身分違いの恋は悲劇に終わることがほとんどだ。少なくとも、ロージーはうまくいった人たちを知らない。そもそも上流階級の身分を捨てて使用人を選んだ人すら、周りにはいない。

ジュリアーノはそういうことも、きっとちゃんと考えている。

こんな人、いままで会ったことがない。上流階級に使用人をここまで大事にする人がいたなんて。

ロージーが、使用人は家族のようなもの、と言うたびにバカにされてきた。使用人は使用人だ、いくらでも替えがきく、おまえのことを本当に思いやったりはしていない、と。

それでも、ロージーは家族のようなものと信じているし、この国でも家族のような関係になりたい。

だって、一番顔を合わせて、一番ロージーのことを知っていて、一番長い時間をともに過ごしている。

そんな人が家族同然じゃなかったら悲しい。

「おまえは俺のことが好きだから…」

「好きじゃないわよ！」

反射的に言ってしまって、はっとした。

そんなに全否定しなくてもよかった。特に、いまはいいことを言っていて、それにすごく感動しているのに。

「すごいな」

ジュリアーノが大きくふきだす。

「本当に気が強い。普通は好きじゃなくても、まあ、そうですわね、おほほほほ、ぐらい言うものだぞ」

大笑いしながら、そんなことを言う。

ジュリアーノはおおらかだな、と思った。普通は、好きじゃない、と言われたら、むっとするだろうに。ロージーがおんなじことをされたら、きっと傷つく。

「わたしがあなたのことを好きじゃなくても気にならないの？」

どうして笑い飛ばせるのか、それが知りたい。

「おまえがやさしくていい人だ、と使用人に聞いているからな。俺に対してはどうでも、使用人にやさしければそれでいい。今後ともに暮らすのに、使用人に怒鳴り散らすような相手は絶対にごめんだ。その点では合格だ」

「ほかの点では？」

合格じゃなかったら、どうなるんだろう。

婚約破棄される？

「それはまだわからない。だめな点が見つかったら、そのときに考える」

「それがいいと思うわ」

ロージーだって、自分が完璧なんて思ったことはない。ジュリアーノにしてみたら、絶対に許せない何かを持っているかもしれない。

「これから結婚式まで、お行儀よくするか?」

ジュリアーノがからかうように聞いてきた。ロージーは首を横にふる。

「自分を偽《いつわ》るつもりはないの。わたしはわたしのままでいるわ。それで、あなたがわたしのことをいやになったら…、そうね、国はどうなるのかわからない。親もがっかりする。国民はもっと落胆する…。いいことないわね」

ロージーは、うーん、と考え込む。

「どうしよう」

「おまえは本当におもしろいな!」

ジュリアーノがベッドを叩きながら笑った。

「まあ、でも、正直にすべてを話して、許してもらって、一緒に国を立て直そうとがんばるしかないわ。それか、また別のところにお嫁にいくか。ジュリアーノに拒否されたわたしをもらってくれる人がいるわけはないけれどね」

「いや、それはいるだろう。ロージーがどうこうじゃなくて、あの国を手に入れたい、と思うやつは結構多いと思うぞ」

「え、そうかしら」

小さくて、財政破綻した国なんて欲しい？

「そもそも、売りだされる国なんてめったいにないし、国をひとつ自由にできるなんてすごいことじゃないか。そのぐらいの金額などなんとも思わない金持ちが手に入れたいおもちゃではある」

おもちゃ。

自分の国のことをそう言われるとむっとはなるけど、国をひとつ買おうなんて、おもちゃ感覚なのかもしれない。

「たしかに、普通なら手に入らないおもちゃだわ。でも、高く買ってくれる人に売るしか、生き残る道はないでしょう？」

「借金をして返す」

「わたしの国が必要なお金を貸してくれる人なんている？」

「俺が貸してやる」

「え……？」

ロージーはまじまじとジュリアーノを見る。

「俺から破談したら、ちゃんと貸してやる。わざわざここに来てもらって、三ヶ月もムダに過ごさせて、ご両親には期待をさせておいたのに、とても申し訳ないことをしたと思うから。おまえから破談したら貸さない。勝手に落ちぶれていけばいい」

え、待って。

「わたしに悪いところがあっても、お金は貸してくれるの？」

まさかね。

「そうだな。最後まではしていないとはいえ、結構いろんなことをしているし、その詫《わ》び代みたいなものだ。つぎにロージーごと国を欲しがるのが、何も知らない処女がいい相手だと困るだろ」

急にそんな話になって、ロージーはカッと頬を染めた。

「これだけ敏感なら、本当に処女なのか？　嘘だ、ジュリアーノにいろいろされたんだろ、と言われるにちがいない。おまえがどう弁解しても、きっと信じてもらえない。だが、まあ、おまえは俺の嫁になるんだから、そんな心配はしなくていい」

「え…？　破談は…？」

まるで破談にすることを決めているみたいに話すから、そのつもりなのかと思っていた。

「破談はたとえ話だ。さっき言っただろ。使用人にやさしいやつが好みだって。これまで結婚しなかったのは、そんなのが一人もいなかったからだ」

「わたしだって、こうやって会ってみて、実際に接してみるまで使用人にやさしいかどうかわからないじゃない」

「だからお試し期間があるんだよ」

まあ、そうなんだけど。でも、あれ？

「そもそも、どうして、わたしと結婚することにしたの？」

これまでたくさんの女性と出会って、たくさんの女性と遊んできて、なのに、だれとも結婚したいと思わなかった。

そんな人がなぜ。

「だから、気まぐれだっての」

「気まぐれでわたしを選んだの？　それとも結婚しなきゃならない理由でもあるの？」

あれ、ちがう。そもそも、なぜ選んだのか聞きたいのに微妙にずれている。

「結婚しなきゃならない理由はない。隣国が助けを求めてきて、新しいおもちゃが手に入りそうだから、まあ、それなら結婚してもいいかな、と思っただけだ。だが、安心しろ。俺はおもちゃを大事にする。小さいころのおもちゃもすべて取ってある。そうだ。さっきの俺をだまそうとした女性には、ちゃんと子供がいても働ける職場と安く住める場所を世話してやった。使用人に手を出したお詫《わ》びにお金を払おうとしても、がんとして受け取ってもらえなかったから、俺にできる精一杯だ。子供はもう五歳になるんじゃないかな。毎年、子供の誕生日に写真と手紙を送ってくれる。それを楽しみにしているんだ」

ジュリアーノがふわりと笑った。

どくん。

ロージーの心臓が跳ねる。

本当にこの人の笑顔は反則だ。意地悪なところも傲慢なところも引っ込んで、まるで天使みたいなやさしい表情を浮かべる。

きっと、この笑顔に引っかかる人も多いだろう。

ジュリアーノにそこまで好意的ではなかったころのロージーですら、あの笑顔はずるい、と思っていた。

好意的でなかったころ…？

そう思ったことに自分でもとまどう。

それは、いまは好意的であるということで、でも、そんなにまちがってもいない。話せば話すほど、ジュリアーノの中身はすばらしいと思ってしまう。

意地悪な態度とか、とんでもないことをされるのが気に食わないだけで。

「あ、こんな時間か。よし」

ジュリアーノがそう言い出したら、今日はこれでおしまい。

「じゃあ、最後にもうちょっと気持ちよくしてやろう」

…は？

「ちょ…っ…！」

スカートをまくられた！

「ジュリアーノ！」

「なんだ」

「時間が…」

「まだある。心配するな」

心配はまったくしてない！

「もう終わったんじゃ…」

「終わったかどうかは俺が決める。おまえがかわいいから、ごほうびをやるよ」

「そんなの…」

いらない、なんて言おうものなら、ジュリアーノが喜んでひどいことをしそう。

こういうところがいやなのよ！　せっかく見直したのに！

「そんなの、なんだ？」

ジュリアーノがおもしろそうにロージーを見ている。

本当にいやな人！

「かわいくなんてないわ」

「そんなの、かわいくなんてない？」

揚げ足取りもするし、意地悪すぎる。

「わたしはそんなにかわいくない、って言いたかったの」

「それはさすがにない。おまえはかわいい。そうじゃなければ、そもそも、嫁にもらおうと思わない。俺はだれだって選べる立場なんだぞ」

「そのときはわたしのことを知らないでしょ」

顔合わせのときにはじめて会ったんだから。

「送られてきた肖像画は見た。五割増しに描いてるんだとしても、これならまあ、と思える出来だったな」

知らなかった。肖像画は見てたんだ。

それなら、ちょっとは安心する。

安心…？　どうして…？

最近はたまに自分の心がわからなくなる。

「だが、おまえは実物の方がいいな。肖像画はおとなしそうで優美に見えたが、本物は気が強いし、うるさいし、俺をにらむし、口も達者。それがおもしろくていい」

ほめられているのか、そうじゃないのか、まったくわからない。

一応、ほめられているのかな？

「ところで、ずっと思ってたけど、この姿でしゃべるのもいやらしくていいな」

そうだった！　スカートをまくられたままだった！

下着は脱いでるから、全部見えちゃってる…。

最悪。

「さて、と」

ジュリアーノがロージーの足を広げた。

「ちょ…っ…！」

「どうした？」

恥ずかしい、やめて、もうおしまい。

どの言葉もなんの効果もない。むしろ、ジュリアーノをおもしろがらせる気しかしない。

ロージーは言葉をつづけるのをあきらめる。

「なんでもない…」

そうだ。さっさと終わらせた方がいい。

「おまえの話なら、いくらでも聞いてやるのに」

にやにやしながら言われても、なんの説得力もない！

「まあ、でも、なんでもないみたいだし、俺は俺のやりたいことをするか」

いままでだって、やりたいことしかしてこなかったじゃないの。

そう言ってやりたいのも、ぐっとこらえる。

とにかく早く。

恥ずかしい思いはなるべく長引かせない。

ジュリアーノが広げた足の間に体を割り入れてきた。

「え…？」

何をするの？

「これまでとはまたちがったことをしてやるよ。そろそろ、おなじことばかりで飽きてきてるだろう？」

「ぜんっぜん！　飽きてない！　いつものでいい！」

いつもの、が何を指しているのか、自分でもよくわからないけど、変わったことをしなくていい。

「まあ、そう遠慮するな」

ジュリアーノがかがんで、顔を足の間に近づけていく。

「待って！」

何をするつもりなのかわからなすぎて、ひさしぶりに怖さが襲ってきた。

こういう行為に慣れたつもりでいたのに、まったくちがった。何か新しいことをされるたびに、緊張と恐怖に襲われる。

知らないことは怖い。

そんなの当たり前。

「なんだ」

ジュリアーノが顔をあげて、にやりと笑った。

悔しいけど、本当にかっこいい。そういう意地悪な表情がとても魅力的に映る。

「何をするのか教えて」

知れば大丈夫。きっと怖くない。

「クリトリスを舐《な》めて、剥《む》いて、イカせる」

「…は？」

全然、大丈夫じゃなかった。何を言われているのか、よく理解できない。

クリトリスを舐めて…舐める⁉

「いやよ！」

「いやとか知ったことか。俺はやりたいようにやる」

やっぱり、ジュリアーノはジュリアーノだった。こういうときはまったく容赦がない。

「だって、そんなの…普通はしない…んじゃ…ないの…？」

性行為に対する知識がほとんどないので、反論の声も弱くなる。

「ほかの人は知らないが、少なくとも俺は普通にする。相手が感じてる様子を見るのが楽しいんでな」

ジュリアーノがまた局部に顔を近づけようとかがんだ。

「待って待って待って！」

ロージーはジュリアーノの頭を押し返す。

「待たない、って言ってるだろ」

「ホントに待って！　もうひとつだけ聞かせて！」

「ひとつだけ、だぞ。それが終わったら、おまえが何を言おうとする」

されるのは、もうしょうがない。あきらめた。ジュリアーノに勝てるわけがない。

だけど、知っておきたいことがある。

「剥くって、どういうこと？」

クリトリスを剥く？　剥けるの？

「ああ、そうか、知らないだもんな」

ジュリアーノが体を起こした。

よかった。それだけで、ほっとする。

「クリトリスっていうのは薄い皮に包まれてるんだ。その状態でも十分に気持ちいいんだが、その皮を、こう…」

ジュリアーノが手をくっつけてから左右に割った。

「剥いてやると、もっと気持ちいい。ただ、ものすごく敏感になるから、やさしく扱わなければだめで、指よりも舌の方がやわらかいから舐める。わかったか？」

理解はした。

したけども。

「やっぱり…」

「だから、やめないって言っただろ。説明は終わった。おまえは感じてろ」

軽く、トン、と肩を押されて、どうにか踏ん張ろうとしたのに、ロージーはベッドに横たわってしまう。ぽすん、とベッドがやさしく受け止めてくれて、痛みとかはまったくない。

たぶん、ジュリアーノはどこを押せば安全に倒せるかを知っているのだ。

それもすべて経験のなせる業。

すごいなあ、と素直に思う。どれだけの女性とこういうことをしてきたんだろう。

ちくり、と胸の奥の方が痛んだ。

これは何…？　嫉妬？　まさかね。

だって、ジュリアーノのことを好きでもないのに。

「ひぁ…っ…！」

そんなことを考えていたら、やわらかいものがクリトリスに触れた。上から下、下から上、とクリトリスを刺激する。

これはジュリアーノの舌。指とはまったくちがう感触で、だけど、やっぱり気持ちいい。

「ん…っ…ふぇ…っ…」

ちゅっと吸われて、ロージーはのけぞった。

「やぁ…っ…あぁ…ん…」

体がしびれるみたいな感覚がある。それも快感の証。

ちゅぱ、ちゅぱ、と音を立ててクリトリスを吸いあげられて、ロージーの体が、びくん、と体が跳ねた。

「はぅ…っ…ん…」

とろり、と蜜がこぼれるのが自分でもわかる。

ジュリアーノの舌がクリトリスを撫《な》であげた。ちろちろと舌が動いて、ロージーにつぎつぎと快感を送り込む。

「ひゃ…ぁ…ん…あっ…ふぅ…っ…」

だけど、さっき指で責めたてられたときほどじゃない。ゆるく、やさしい、さざ波のような快感。

これなら耐えられるかも…?

そう思った瞬間だった。

「いやぁ…っ…ぁ…ぁ…っ…!」

何がどうなったのかわからない。

ロージーの腰が浮いて、そのまま落ちた。また跳ねて、また落ちる。太腿《ふともも》がびくびくと震えている。それらの動きを自分でもとめられない。

ジュリアーノの舌が動くたびに、とんでもない快感が襲ってきた。これまでとはまったくちがう感覚。

「もっ…だめ…っ…あっ…いやっ…おねが…っ…やめ…っ…」

ジュリアーノは何も答えない。ただ唾液の音が響くだけ。

ロージーの膣が、びくんびくん、とうごめきだした。

…え？

膣を触られていないのにこんなふうになったのははじめてで、ロージーは必死で体を起こそうとする。

それでどうにかなるとは思わないけど、横たわっているのがいけない気がしたのだ。

なのに、体に力が入らない。ジュリアーノが舌を動かすたびに、全身に刺激が走る。

「やっ…あぁん…いやっ…いやぁ…だめ…っ…それ以上は…っ…」

何かをしゃべっていないと、おかしくなってしまいそう。もしかしたら、もう、おかしくなっているのかもしれない。

ちゅう、と音を立ててクリトリスを吸われた。最初とおんなじ行為。だけど、全然ちがった。

「あぁ…っ…ぁ…っ…ぁ…ぁ…ぁ…ぁ…」

ロージーは絶頂を迎えた。

声はどんどん小さくなっていって、うまく呼吸ができない。膣がびくびくと激しく震えていて、とろとろと蜜口から愛液が垂れている。

「イッたな」

ジュリアーノが顔をあげた。とても満足そう。

「どうだ。全然ちがっただろ」

「知らな…っ…」

まさか、クリトリスを吸われただけでイッてしまうなんて。恥ずかしくてたまらない。

「え、感覚のちがいがわからない？」

「…わからないわ」

あ、ようやく普通に呼吸ができるようになった。

絶対に認めてなんかやらない。ジュリアーノにはない器官なんだから、この感覚のちがいを経験したことはない。

だから、嘘だ、なんて断言できない。

そうよね？

「そうか。だったら、もっとたくさんして、わかってもらわないとな」

にやりと笑う、ジュリアーノの表情がとても生き生きとしている。

もっとたくさんして…。

もっとたくさん…。

たくさん！

冗談じゃない！

ぼんやりしていた思考回路が、カチッ、とつながった。

「剥いたら気持ちいいはずなんだ。俺はロージーに気持ちよくなってほしい。きちんと、な」

「気持ちよかったわ！」

ロージーは慌てて言い募る。

「本当に全然ちがったの。あなたの言うとおりよ。だから、もう平気」

「信じない」

ジュリアーノがにっこり笑った。さわやかな笑顔のはずなのに、まったくさわやかに見えない。

怖い。

ジュリアーノが怖いんじゃなくて、これからされることが。

「最初に言った、わからない、が真実なんだろう。これは、俺が悪い。ロージーをきちんと感じさせられない俺が未熟なんだ。だから、しばらくつきあってもらうぞ。おまえを気持ちよくするまでがんばるから、見捨てないでくれ」

完全におもしろがってる！

「いい、いい、いい、いい！」

ロージーは今度こそ起き上がろうとしたのに、その前にジュリアーノの指がロージーのクリトリスに触れる。

イカされたばかりで敏感になっているそこは、いとも簡単にロージーに快感をもたらした。

「あぁ…っ…ん…」

「ほら、指の方が気持ちよさそうじゃないか。これは研究が必要だな。長い時間、つきあってもらわないと」

「ちが…っ！　いまのは…」

いまのは…、どう説明すればいいんだろう。

「いまのは、なんだ？」

ジュリアーノは目を細めてロージーを見つめた。

完全におもしろがってる。

最低で最悪。

「…なんでもない」

もうわかった。理解した。

ロージーが何を言ってもジュリアーノはやりたいようにやる。

だったら、恥ずかしいことはなるべく少ない方がいい。ここで言い訳したら、ジュリアーノの思うツボ。

「指よりも気持ちよくしてほしいか?」

「…してほしくない」

「そうか。してほしくないのか。でも、するけどな」

ほらね! こっちの言うことなんて、気にもしていない。

「あなたなんか…」

何をつづけたいんだろう。

きらい? 知らない? どこか行っちゃえ?

どれもちがう。自分の心がよくわからない。

「最低?」

ジュリアーノがからかい口調でそう告げた。

それは当たってる。

「いい人だと見直せば、最低なことをする。どう考えていいのかわからない」

ロージーはいまの気持ちを素直に口にする。

「それがおもしろいんだろ。人間なんて、いい面も悪い面も持ってる。おまえにもあるぞ、悪い面」

「どこ?」

もちろん、ロージーにも欠点はある。そんなの、自分が一番よくわかってる。

「意地っ張りすぎて墓穴を掘るところ。ある程度の強気ならいいけど、それ以上だととんでもない目にあったりするから気をつけろ。たとえば、いまみたいに、な」

ジュリアーノがにやっと笑った。

「…素直に言ってたら許してくれてた？」

「嘘をついたと認めるのか？」

「そうね。認めるわ。これで許してくれる？」

「最初に聞いたときなら、許してたかもな。でも、どうだろう。そのときの気分だから、断言はできない。でも、気持ちよくないって言われたて火がついたから、おまえが悪い」

…結局、許してもらえない。

「恥ずかしかったの」

「それもわかってる。素直に恥ずかしがっていればかわいいんだけどな。プライド高いし、素直じゃないし、まあ、でも、そこもかわいいと俺は思っている。欠点がかわいく見えれば、それはもう愛かもな」

「え…？」

愛？　だれが、だれを？

「どうだろう。ちがうかな。まあ、いい。おまえが気絶するぐらいイカせまくって、気持ちよかった、と言わせてやる」

ぶるり、と体が震えた。

これは絶対に恐怖。期待なんかじゃない。

だって、ジュリアーノは本気なんだもの。

「気持ちよかった！」

「遅い」

ジュリアーノがクリトリスを指でなぞる。

「ひ…っ…」

ロージーの体がのけぞった。

「まずは指で、それから舌で剥いてやる。ちがいを思い知れ」

「いやよ…っ…！　ね、ジュリアーノ…おねがい…あっ…あぁ…ん…あっ…あぁ…っ…」

ジュリアーノの言葉どおり、長い時間をかけて思い知らされた。

指でも舌でもクリトリスを責められる。指で剥かれたり、舌で剥かずに激しくされたり。これまでにないぐらい何度も何度も絶頂に達して、最後は気絶した。

「おやすみ」

ジュリアーノのその言葉と頬をなでる手の感触を覚えている。

こんなふうにしたのはあなたなのに！

そう言い返したくても無理だった。

起きたら夕方で、体がだるくて、声はかすれていて、気分は最悪。
もう絶対に嘘はつかない。
ロージーはそう決意する。
意地っ張りすぎるというのなら、素直になってみせる。
…できるかな。
その不安はあるけれど、こんな目にあうのはこりごり。

第六章

「疲れた顔をしているね」

マッテオが心配そうな表情でロージーを見た。今日はひさしぶりのマッテオとのお茶会。ジュリアーノがずっとお城にいるせいで、なんとなく連絡を取らなくなっていたのだ。

だって、やっぱり、ジュリアーノに内緒でお茶会をするのは気まずい。

今日はジュリアーノが結婚報告のためにどこかのお屋敷に出かけるとのこと。最近はジュリアーノは明日の予定などを教えてくれるようになっていた。おまえが知りたいんだろうから言っておく、と毎回よけいなひとことはついているけれど、報告自体は嬉しい。

少しずつ、少しずつ、ジュリアーノとの距離が縮まっているような気がする。

相変わらず、意地悪ではあるけれど。

ジュリアーノが出かけることを知っていたのか、今朝、マッテオからお茶のお誘いがあった。二週間ぶりぐらいになるので、なんだか、とてもなつかしい気がする。

ロージーは少し迷ってから、承諾の返事をした。

結婚式まであと二週間。ロージーの国でロージーが主体となって結婚式をするのなら慌ただしくしていただろう。

いまのところ、ロージーにすることはない。結婚式の内容についても知らない。

とにかく、その場に来ればいい。おまえのやることはそれだけだ。

ジュリアーノからも、そう言われている。

楽しみだったウェディングドレス選びもとっくに終わり、最終確認として来週、もう一度試着をして、ロージーがするべきことはすべておしまい。

なので、時間を持て余している。

お城の中はとても騒然としていて、だれもが浮かれていて、使用人は忙しそうで、ミンディもソフィアもお茶の時間にそばにいてくれることはなくなった。

すみません、やることがたくさんで。

申し訳なさそうにお茶だけ置いて、すぐに部屋を出ていく。食事のときも、着替えのときも、用を終えたらいなくなる。

これだけ大きな国の、それもとても人気のある王族の結婚式だから、きっとみんな、とんでもなく忙しいのだろう。

そんな中、ロージーだけこんなにのんびりしてていいのだろうか。何か手伝えることがあれば手伝いたい。

そう思ってジュリアーノに申し出ても、おまえは何もするな、とすげなくされて、ミンディやソフィアにすら、ロージーさまがお部屋でおとなしくしてくださることが一番の手助けです、と言われる。

つまり、何かすると邪魔になるのだ。

だから、本当に暇。

とっても暇。

なので、とにかく本を読んでいる。自分の好きではないジャンルのも読みはじめて、それもそれでおもしろかったりして、とても楽しい。

たまには外の空気を吸いたいな、と思うものの、秋も深まり、かなり肌寒い。コートを羽織って、首に温かいものを巻いて、手袋をして、と防寒するのも時間がかかる。そのために忙しいミンディやソフィアを呼ぶのは申し訳ないので、やめてしまう。

図書室へ行って、本を取ってきて、部屋で本を読んで、読み終わったら図書室に戻す。

そのぐらいしか動いていない。

そうやって考えてみると、完全に運動不足。

マッテオに心配されるような疲れることは何もない。

「疲れて見えます?」

ロージーは首をかしげた。

「うん。疲れてない？」

「疲れてはないです。むしろ、暇です」

いまだにマッテオには丁寧語で話す。もっとくだけてくれていいんだよ、と言ってくれるけれど、それはなんだかちがう気がするのだ。

「暇なんだ。前の結婚式のときは、ウェディングドレスの試着が大変！　って花嫁さんが騒いでたけど」

「前の結婚式？」

ジュリアーノの？　まさか、はじめての結婚じゃない…わけがない。ジュリアーノが結婚するとなったら、さすがにロージーでもうわさで知っている。そのぐらい有名で人気があるのだから。

「そう。だれのだったかな？　忘れた。いまはジュリアーノの結婚式の準備が大変だからか、しばらくだれもしていないけど、その前はしょっちゅう結婚式があったんだ。王位継承者じゃなければ、いつ結婚してもいいしね。じゃないと、一年に一回、一組しか結婚できないことになる」

ああ、そうか。このお城に住んでいる人はたくさんいる。

「そうなんですね。王族はみんな、十一月に結婚するのかと思ってました」

「まさか。王族って何人いると思ってるの？」

マッテオがくすりと笑った。

「お城に住んでいる人は、みんな王族ですか?」

「王族だったり、その知り合いだったり、あとは使用人ももちろん住んでる。でも、お城で結婚式ができるのは王族だけ」

なるほどね。

こうやってマッテオと話していると、いまだに知らないことが多くて驚く。それはよくないと思ってはいるけれど、そういうことを教えてくれる人がマッテオしかいない。ジュリアーノと結婚したら、もっといろんな人と話せるようになって知識が増えるといいな。

この国に嫁ぐんだから、この国のことをもっと知りたい。

それは、ずっと変わらない思い。

「マッテオもいつかここで結婚式を挙げるんですね」

そういえば、マッテオはいくつなんだろう。ジュリアーノとおなじぐらいの年齢に見える。

それも聞いたことがない。

「ぼくは結婚してるよ」

「え!」

知らなかった!

「おめでとうございます」

そう告げると、マッテオが、ぽかん、としてから、ふきだした。

「ロージーって本当におもしろいね」

「そうですか？」

だって、結婚っておめでたい…のかどうかはわからないけれども。ロージーだって、自分の結婚式がおめでたいかと問われたら、返事に困る。

結婚はするし、ジュリアーノとともに歩む覚悟もできてきた。

うーん、ちょっとはおめでたいかな…？

「まさか、いまさら、おめでとう、と言われるとは。結婚したのは何年も前だし、妻との仲は冷え切っていて、以前に会ったのは、そのだれかの結婚式でじゃなかったかな。つぎに会うのはジュリアーノの結婚式だろうね。王族の結婚式は夫婦で出席するものだから」

「そうなんですね」

そういう夫婦関係はありふれていて、いまさら驚いたりはしない。

初対面で恋をする。その瞬間からおたがいを慈しみ合って、幸せな結婚をする。

そんなことはめったいにない。

ロージーの両親はたまたま、その、めったにない結婚、ができた。ロージーもそうしたいと思っていたけれど、ジュリアーノとはじめて会ったときにその希望は消えた。

だけど、ジュリアーノのことを知ろうとがんばって、ジュリアーノにも自分のことを知ってもらおうと努力して、おたがいに少しずつ歩み寄って、完璧ではもちろんないけども、ロージーの望んだ結婚に近づいてきているような気がする。

まだジュリアーノと知り合って二ヶ月ちょっと。これから先の長い長い結婚生活を考えると、もっと歩み寄れて、もっと幸せになれるんじゃないだろうか。

ジュリアーノと幸せになりたい？

たまに、自分にそう問いかける。

出会ったばかりのときは、全然！　とはっきりきっぱり答えられた。

いまは、幸せになれるものならなりたい。

ジュリアーノはたしかにとんでもないことばかりをする。

でも、いろいろ話すようになると、価値感が似ていることがわかってきた。

使用人を大事にする。

さんざんみんなに笑われてきたそのことを、ジュリアーノは理解してくれる。そして、そんなロージーのことを、だから結婚したいと思った、とまで評してくれる。

あれはとても嬉しかったんだな、といまになって思う。

「ロージーって、よく考えごとをしてるよね」

「あ、すみません！」

そうだ、お茶の最中だった。

「いいんだよ。ぼくといるって安心できるってことでしょ。気を抜いてないと、ぼーっとできないもんね」

そんなことはない。ロージーはだれの前でもこんなふうだ。ジュリアーノにもよく、集中しろ、と注意される。

でも、正直にそう言うとマッテオに申し訳ない気がして、ロージーはあいまいに微笑んだ。

「ウェディングドレスは決まったの？」

「決まりました」

そういえば、あの日は忙しかった。朝から晩まで、ロージーのために作られたウェディングドレスを試着した。四十着ぐらいあったかな？

だけど、決めるのは簡単だった。最初に着たときから、絶対にこれがいい、と思って、そのあとにどれを着ても、その気持ちが揺らがなかった。

ロージーが選んだのはノースリーブのすとんとしたラインのドレス。ドレスそのものはとてもシンプルだけれど、胸の下の部分に太めの布を巻いて、前でリボン結びにするのがとてもかわいい。その上に総レースのガウンみたいなものを羽織る。ガウンは長袖で裾はドレスよりも長く、その裾が地面に広がる様子がとても美しい。

ドレスのあまりのすばらしさにしばらく鏡の前で見とれてしまった。童顔ぎみのロージーにもよく似合っている。大人っぽく見せるんじゃなくて、ロージーがロージーのままで似合うドレスだ。

ベールも総レースで、それを留めるティアラは細くて飾りのないもの。ガウンもベールも、とにかくレースがきれい。とても細かく編んであって、見れば見るほどうっとりする。

仮のブーケも持たせてもらい、その姿でまた鏡を見ると自然に涙がこぼれた。

このドレスを着て、父親とバージンロードを歩く。これまで歩んできた道を父親と振り返り、これから先ともに過ごすジュリアーノのもとへ向かう。

それもいいな、と素直に思えた。

あのウェディングドレスを着たときに、わたしはジュリアーノのお嫁さんになるのだ、とはじめて本当の意味で認められたのかもしれない。

「どんな感じ？」

「結婚式を楽しみにしていてください」

ジュリアーノにすらどんなのか教えてないのに、マッテオに教えるわけにはいかない。

まあ、ジュリアーノはなんの興味もないのか、ウェディングドレスについて何も言ってこないけど。

「結婚式は楽しみなの？」

「そうですね。ものすごく楽しみというわけでもないですけど、心が決まってきて、ちょっとずつ前向きになってます。あ、これまでが後ろ向きだったわけじゃないですよ？」

慌てて、そうつけくわえる。

マッテオがわざわざだれかに言うとは思えないけれど、ぽろっとこぼしてしまうかもしれない。そういうことはだれにだってある。

だから、よけいなことは言わない方がいい。

「ロージーはジュリアーノのことがきらいだと思ってたんだけど、そうじゃないのかな?」

からかう口調。だけど、なんだろう、目が笑っていない。

少し怖い。マッテオのことをそう感じるなんて、はじめてのこと。

思わず、ここはどこだっけ、と視線をめぐらせてたしかめる。

ダンスルームだ。パーティーのときにはいろいろ飾りつけをするらしいけれど、いまはだだっ広いだけの空間。なんにもないダンスルームがめずらしくて、そして、結婚式のあとにここで踊るらしいから、その前に見ておきたくて、マッテオにリクエストした。

今日はソフィアがついてくれている。ただのお茶会だし、あなたは忙しいだから大丈夫よ、と断ったけど、いいえ、そういうわけには、と入り口に立っているのだ。

よかった、と思った。

なぜかわからないけど、二人きりじゃなくてよかった、と。

このもやもやはなんだろう。

「きらいではないです」

ロージーは明るい口調でそう告げた。

怖がっていることを知られたくはない。マッテオはとても親切で、一人ぼっちだったロージーを気にかけてくれて、お茶に誘ってくれた。

そうだ。ロージーの国のお茶をわざわざ取り寄せてもくれた。あのときはとても感動したものだ。マッテオは残った紅茶を、はい、どうぞ、とくれて、しばらく故郷の味を楽しめた。そのことはものすごく感謝している。

話し相手にもなってくれて、この国のこともたくさん教えてもらった。

その人を怖いと思いたくない。

目が笑ってなかったなんて、ロージーの見まちがいだ。光の反射か何かで、そういうふうに見えただけ。

マッテオはいい人だもの。

「マッテオはジュリアーノのことがきらいですか？」

「きらいっていうほどは知らないな。というかさ、せっかくのひさしぶりのお茶会なのにジュリアーノのことはいいよ」

よかった。ロージーもそう思っていた。

いつもみたいに楽しい話がしたい。

「あの、マッテオは奥さんと仲良くなくて平気なんですか？」

あれ？　楽しい話をしようと思っていたのに。なぜか、そう聞いてしまった。

「どういうこと？」

マッテオがきょとんとしている。

「わたし、これから結婚するじゃないですか。もしかしたら、わたしもジュリアーノとうまくいかなくて、だれかの結婚式のときしか会わなくなるかもしれないな、と思ったんです」

「それか、葬式ね」

楽しそうにそう言うマッテオは、今度はちゃんと目も笑っている。

よかった。やっぱり、見まちがいだ。

「お葬式もなんですか？」

「冠婚葬祭は夫婦同伴で、って決まってるから。そのときぐらいかな。あいつに会うのは」

「普段はまったく？」

「どこに住んでいるのかも知らない」

「え！」

ロージーは驚いて、マッテオをまじまじと見た。

「どこに住んでいるかも知らないって、不安じゃないですか？」

結婚した相手なのに。

「不安…？」

　マッテオが不思議そうだ。

「だって、おたがいに何かあったりしたらどうするんです？」

「何かって、たとえば何？」

「ケガとか病気とか」

　そういうときって、だれかが必要にならない？　そして、それは結婚相手じゃないの？

「病気で死にそうなら、その報告はするかな」

「そばにいてほしいとは…」

「まったく思わない。そばにいてほしかったら、こんなことになってないよ。だいたい、一緒に暮らしてる夫婦のが少ないいんだよ。ロージーとジュリアーノだって、そうなるんじゃない？」

「なりません！　…いや、どうでしょう」

　ジュリアーノとずっと一緒にいるのは想像できない。だからといって、離れて暮らしたいわけでもない。

　結婚してみないとわからない。

「ジュリアーノとともに暮らすって地獄じゃない？」

「地獄？」

　そんなにひどい人じゃない。

「だって、四六時中、浮気をされているわけでしょう？　ぼくなら、いやになるけどね。自分の知らないところで浮気はしてほしいし、それがみんなのうわさ話になるとか屈辱でしかないよ。あの人はなんの魅力もないから浮気されてる、とか言われるんだよ。地獄だよね」

「ジュリアーノは浮気はしないかと…」

本人がそう言ってた。ロージーはそれを信じている。

だって、本気に聞こえたもの。

そのあといろいろ話しても、結婚したら浮気をしないつもりなのは本当なのだろうな、と思う。ジュリアーノは、そう考えられるようなことしか言わない。

「え…」

マッテオは驚いた表情を浮かべてから、盛大にふきだした。あーはっはっは、とおなかを抱えて笑っている。

「本気で言ってるの？」

なんだろう。さっきとおなじ感覚。

この人が怖い。

「ええ、本気です」

でも、負けたくはない。それに、怖いと思いたくもない。

いまのロージーのこの感情がまちがっているのだ、と。

マッテオはいつものマッテオで、ロージーが過敏になっているだけだ、と。

そうわからせてほしい。

「どうして?」

「ジュリアーノがそう言ったからです」

根拠はそれだけ。

でも、それで十分。

「ロージーは本当にお姫様なんだね」

からかうような口調。でも、いつものように親しみをこめているのではなくて、なんだか、バカにされている気がする。

おかしい。

これは、わたしがおかしいのか、マッテオがおかしいのか、よくわからない。

「ジュリアーノなんて、平気で嘘をつくよ。ううん、ジュリアーノだけじゃなくて、人って嘘をつくものなんだよ。ジュリアーノのこれまでのことを知ってる?」

「はい、知ってます」

たくさんの女性と遊んできた。

それは本当だ。ジュリアーノも認めている。

「それなのに、結婚したとたん、真面目な旦那になると思ってるんだったら、思い直した方が

いいよ。ロージーがかわいそうになる。信じてもいいことはないのに」

「ロージーさま」

耳元で声がして、ロージーは、びくっ、と体を跳ねさせた。

「あ、ソフィア…」

「そろそろお時間です。今日は予定が入っておりますよ」

「あ、そうだったわね」

予定なんか入っていない。たぶん、ソフィアのかんちがい。

それでも、便乗した。

だって、ここにこれ以上いたくなかったから。

「ごめんなさい、マッテオ。行かなきゃいけないみたい」

「花嫁さんにはいろいろあるもんね。しょうがないよ。落ち着いたら、またお茶をしよう」

「ええ、結婚式のあとにでも」

これは、結婚式までは声をかけないでほしい、と遠回しに言っている。マッテオも、それはわかってくれるはず。

こういう断り方は上流階級にあふれている。

「そうだね。そのときはジュリアーノとの結婚生活について、いろいろ話してもらおうかな」

にっこり。

今度はいやな感じがまったくしない。よく知っているマッテオの笑顔。

どういうことなんだろう。

ロージーは混乱する。

マッテオのことがよくわからない。もともとわかっていたのか、と聞かれれば、いいえ、となるけれど、それでも、親切でやさしい人というのはずっと変わらなかった。

それなのに、今日のちょっとした瞬間だけ、怖い、と思ってしまう。

それがどうしてなのか、知りたい。

ううん、知りたくない。

このまま、マッテオとは会わない方がいいかもしれない。結婚したあとは、ジュリアーノがだめと言ってるの、ごめんなさい、と断ればいい。

「ええ、たくさんお話するわ。また聞いてくださいね」

ロージーもにっこりと笑う。

これが最後かも、と思っても、不思議なことに、寂しい、とか、悲しい、とか思わなかった。

それもまた、よくわからない。

このお城での唯一の味方だと思っていたこともあったのに。

「無事に結婚式ができることを祈っているよ」

「わたしも、そう祈っています」

それでは、と軽く頭を下げて、ロージーは立ち上がった。ダンスルームを出て廊下を歩いていると、自然と早足になっている。

一刻でも早く立ち去りたい。

そんな自分の感情に、またとまどう。

「ロージーさま、お急ぎにならなくても、何もございません」

ソフィアがやわらかい口調でそう告げた。

「わかってるの。でも、早く自分の部屋に戻りたい。あ、ソフィアは何か用がある？　だったら、わたしについてこなくて大丈夫よ」

「いえ、お部屋まではまいります」

「ありがとう…」

心底ほっとする。そして、そのほっとしたことで、本当に怖かったんだ、と思い知る。

マッテオが怖い。

それは、どうして？

一心不乱といってもいいような速度で歩き、ようやく部屋までたどり着いた。ダンスルームはそんなに部屋から離れてはいなかったのに、未来永劫、部屋に戻れないんじゃないかと思うぐらい遠く思えた。

これもすべて恐怖から。

部屋に入って、鍵をかける。そんなの、これまでしたことがない。

ジュリアーノ以外はノックしてから入ってくるし、ジュリアーノに関しては、鍵をかけたところで意味がない。入りたければ入ってくるし、ドアなんて平気で壊しそう。

「コーヒーでも持ってきますか？」

「いいえ、いいわ。大丈夫」

喉がはりついたみたいな感じではあるけれど、ソフィアにいなくなってほしくない。

いま、一人だと怖い。

「ねえ、ソフィア」

「はい」

「どうして、助けてくれたの？」

「ロージーさまが怯《おび》えておいでしたので。差し出がましいまねをしまして、申し訳ありません」

謝るソフィアに、ロージーは、ぶんぶんぶん、と激しく首を横に振った。

「本当にありがとう！　わたし、怖かったの。わかった？」

「ええ」

ソフィアが微笑む。

「そういうときもありますよ。特にそろそろ結婚式で感情が不安定だと、いろいろなものが怖くなりますよね」

そうなのかも。でも、結婚することでそんなに感情って揺らぐ？

「ソフィアは結婚してる？」

「はい」

「え！」

ロージーは驚いてソフィアを見る。

「そんなに若いのに」

「わたくしはロージーさまよりいくつか年上ですし、子供もいます」

「子供も！」

「ええ。ここはとても働きやすいんです。わたくしが仕事のときは仲間が子供を見てくれますし、夫もおなじ職場で休みも合わせやすいんです。それに、ロージーさまのような素敵なお方のおつきになれて、とても嬉しいです。わたくし、こんなことをこれまで仕えている方にお話ししたことはないんですが、ロージーさまはとてもお話ししやすくて、その上、きちんと話を聞いてくださるので、話したい気持ちになります。もし、うるさいようでしたら、そうおっしゃってくださいね。わたくし、ロージーさまのお世話係をクビになりたくないので」

「嬉しい！」

ロージーはぴょんと跳ねた。

「わたしも、ソフィアもミンディも、とても話しやすいと思っていたの。年齢が近いからもあるけれど、海のものとも山のものともわからないわたしをそのまま受け入れてくれて、今日みたいなときは助けてくれて…もしかして、最初のお茶会のときにミンディがついてきてくれたのも、心配したから？」

「そうです。いくらお茶会とはいえ殿方と二人きりというのはどうだろう、ロージーさまはそういうつもりではないとしてもうわさになったら面倒なことになりかねない、使用人がいれば、それは公的なものとなるから、絶対についていこう、と話し合いまして。ですが、大丈夫そう、と最近は思っていたんです。いくらマッテオさまだとして…」

そこまで言って、ソフィアが慌てて口を覆う。

「わたくしは何も言ってません」

「うん、わかった」

ロージーはにこっと笑った。

「マッテオには何かがあるのね。でも、うわさとしても言いたくない。特にわたしには聞かせたくない。ジュリアーノにになら聞いてみてもいい？」

「…それは、なんとも申せません」

「じゃあ、聞くだけ聞いてみる。ジュリアーノはいい人？」

「はい、とっても。わたくしたちは全員、ジュリアーノさまが大好きです」

ミンディもおなじことを言っていた。つまり、ジュリアーノは本当にいい人で、使用人に好かれている。

そんな人が結婚相手でよかった。

ジュリアーノのことを考えると、気持ちが落ち着いてきた。なんだか悔しい。

あ、そうだ。ソフィアも忙しいんだった。

「ごめんなさいね。忙しいのに引きとめたりして。たくさんお仕事があるでしょう？　もう大丈夫。部屋にいたら平気だから」

「いえ、こちらこそ、ロージーさまといろいろ話せて楽しかったです。それでは失礼します」

ソフィアが頭を下げて、部屋を出た。ロージーは胸がほんわかする。

あ、そうだ。せっかく嬉しいことを言ってくれたのに返事をしてない。

「わたしもよ」

遅かった、と思いつつも、一応、口にしてみる。

この想《おも》いが届けばいい。

「何が、わたしもよ、なんだ？」

「ジュリアーノ！」

ソフィアと入れかわりにジュリアーノが入ってくる。

「今日はお出かけじゃないの？」

「それが相手の都合が悪くなって、途中で解散になった。だから、帰ってきたんだが、どうした。顔色が悪いぞ」

「そう？」

ロージーは自分の顔を触った。頬が冷たくなっているとか、そういったことはない。

「なんでもないと思うわ。照明のせいじゃない？」

この時期は日が落ちるのも早くなっている。お茶を早めに切り上げたとはいえ、すでに外は薄暗い。

「なら、いいが」

「あ、何かするの？」

早く帰ってきてロージーの部屋に来たということは、そういうつもりなのだろう。

「いや、今日は疲れたからいい」

「じゃあ、どうして？」

「おまえが話をしたいと言うから、時間があれば寄っているだけだ。いやなら、別に話などしなくてもいいぞ」

「あ、したい！　話がとってもしたい！」

マッテオとのお茶会があんなふうに終わったせいで、あんまり気分はよくない。ジュリアーノと話したら、それが払拭できそう。

そのぐらいはジュリアーノのことを信用している。

「そんなに熱烈に歓迎されても」

ジュリアーノが肩をすくめた。

「まあ、悪い気はしない。俺は愛される男だな」

…相変わらず自信過剰だけれど、今日は許そう。

「あ、ねえ、愛される男さん」

「なんだ」

まんざらでもなさそうどころか、嬉しそうなところが、いかにもジュリアーノ。そういうのも慣れてきた。

「マッテオって知ってる？」

ソフィアが口ごもったことが、どうしても気になる。ここはジュリアーノに聞いてみよう。

「いとこの？」

「そう」

「知ってるが、どうした？」

「仲がいい？」

「仲…。いとこってだけだ。俺が仲のいい男なんて、そういない。みんな、俺がかっこよくてモテモテで楽しく生きていることが気に入らなくて嫉妬するからな」

これぞ、ジュリアーノ。

以前はこういうところがいちいち気に障っていたけれど、いまになってしまえば、なんだかおもしろい。

「あいつがどうかしたか？」

「ううん、なんでもない。廊下ですれちがったときに声をかけられたから、どういう人なのかな、って」

お茶会のことは言えない。悪口も言いたくない。

ジュリアーノが覚えてないなら、それでいい。

「他国のお姫様はものめずらしいから、声をかけただけなんじゃないのか。何か気になるなら、聞いてみるが」

「ううん、いいの」

大丈夫！　とか、絶対にそんなことしないで！　とか、強く引きとめたくなるのを必死でこらえて、平常を装う。

おかしな様子はジュリアーノなら絶対に気づく。それは避けたい。

「ちょっとジュリアーノに似てるな、と思っただけ」

「似てないだろー！」

ジュリアーノがとても不満そう。

「いとこなんだから、似てても不思議じゃないでしょ」

「いや、似てない。世界で一番かっこいい俺に似ているやつなんていない」

「あなたは本当に…」

ロージーは、ふふっ、と笑った。

「とても自信家ね」

「そういうところが好きだろ」

「そういうところもどういうところも好きじゃないわ」

「また、そんなことを言って。おまえが俺のことを好きなのはわかっている。強がるな」

「好きではないけれど、ジュリアーノにはそのままでいてほしい」

ふふっ、という笑いが、あはは、に変わる。声が出るのを止められない。

「ちゃんと笑った」

ジュリアーノがロージーの頬をなでる。

「元気が出てよかったな」

「え、元気よ?」

ジュリアーノはとても鋭い。何かを隠すなんてできなさそう。

でも、マッテオのことは知られたくない。

知られてはいけない、と心のどこかがロージーに警告している。

どうして？

わからない。

マッテオとはなんにもないけれど、やっぱり、どこかやましいのかもしれない。

「おまえは何も悩まずに元気でいて、俺にたてついていればいい。よけいなことは考えるな」

「あのね！　わたしにだって悩みぐらいあるわよ！」

「たとえば？」

「たとえば…」

悩み…、悩み…。

「…おいしい紅茶が飲みたい」

あれ、おかしい。もっといろいろ悩んでいたはずなのに。

あ、そうだ。

「国のことが心配！」

そう、それが一番の悩みごと。

「ああ、そうそう。こないだ言ってた取引は決まって、また新たな取引先も見つけた。いまはまだすべての紅茶を売ることはむずかしいだろうが、高級なお茶を競って買う貴族が、あそこの紅茶はおいしくて、って周りに言ってくれれば、そこから動くと思っている。そして、俺はおまえの国の紅茶を信頼している。だから、きっと大丈夫。来年からもおなじだけ紅茶を作れる。ほかにも、おまえの父上と話して、新規の事業を増やす予定だ。さすがに、たった一国、取引先がつぶれただけですぐに経済難に陥るようなお金の流れだと困るからな。たしかに、紅茶はすばらしい。だけど、それだけだと現状維持にしかならないし、紅茶が大不作だとまた今回みたいなことになる。俺の手からまたどこかへ売ることは避けたい。だから、少しずつ収入を増やしていく」

「ジュリアーノって…」

ロージーは言葉を探した。

こういうときはなんて言えばいいんだろう。

「かっこいいわね」

出てきたのは、とても月並みな言葉。

顔かたちの問題じゃない。いろいろな面でかっこいい。

「当たり前だろ。世界で大人気だぞ。そんな俺がかっこよくなくてどうするんだ」

本当に本当に本当に。

「ジュリアーノらしいわ」

あははは！　って高い声で笑ってしまう。

「ありがとう。うちの国を救ってくれて」

それはとても感謝している。

「救う価値があるから手を差し伸べたし、そのかわりにまあまあいいものも手に入ったし、総じて得した気分だ」

「まあまあって失礼ね！　わたしだって、それなりに価値があるわよ！」

「おまえはまあまあ。俺が極上」

「あなたに比べたら…まあ…」

ロージーには国は救えない。ジュリアーノのような人気も才覚もない。

「冗談だ」

ジュリアーノがくすりと笑った。

「おまえはそれなりだし、いつもその自尊心を持っておけ。そういうところが気に入っている」

「ありがとう」

「じゃあ、また。しばらくは忙しいが、隙を見て来るから」

「うん、待ってる」

「へえ、楽しみにしてるんだ。アレを」

にやりと笑うジュリアーノの頬を思い切りぶったら、どんなにすっきりするだろう。

でも、しない。

「早く帰って！」

そのかわりにドアを指さした。

「またまた。俺にいてほしいくせに」

「そんなわけないわ。帰って！」

「夜も寂しくて眠れなかったら呼んでいいぞ」

「ぐっすり眠るわ！」

「ぐっすり眠るといい。いやなことは寝て忘れるものだ」

その声がやさしくて、包み込むようで、うっかり涙がこぼれそうになった。

でも、ぐっとこらえる。

ジュリアーノはどこまでわかっているんだろう。

それを知りたいような、知りたくないような。

「それじゃ、また」

「ええ、また」

そう言い合って、ジュリアーノは部屋を出た。ロージーはソファにすとんと座る。

「不思議…」

マッテオと別れたあと、あんなにいやな気持ちでいたのに、いまはそれがすべてなくなっている。

これもすべて、ジュリアーノのおかげ。

そういえば、部屋に着いてもまだ怖いと思ったときも、ジュリアーノのことを考えると落ちつけた。

あれもとても不思議な感覚。

ジュリアーノは自分にとって、どんな存在なんだろう。

国のために結婚する人。

それだけのはずだったのに。

「ちがう…のかな…?」

いやな人だと思っていた。

それはなくなった。

でも、そのあと、どういう思いを抱いているのか、それを自分でも理解できていない。

自分の気持ちがよくわからない。

本当にわからない。

第七章

「ロージー、起きて」

ゆさゆさと揺すぶられて、ロージーは目を覚ました。

「え…、もう朝?」

すごく眠い。さっき眠ったばかりのような気がする。

「ううん、夜だよ」

だれ、この声は…。聞き覚えのある…。

「マッテオ!」

ロージーはがばっと起き上がった。

いつの間にか、部屋に明かりがついている。まるで昼間みたいに明るい。

「はーい」

マッテオがひらひらと手を振っている。

「え…、ここ…わたしの部屋…」

怖い。

また、あのときの恐怖が襲ってきた。

お茶会はいつだった？　昨日？　おととい？

そうだ、おととい。

あれ以降、会っていない。お誘いもきていない。

ジュリアーノがここ二日、忙しい中、用が終わって帰ってくると部屋に来てくれて、特に何もせずにただ話をしてくれる。

ああ、嬉しいな、と思った。

きっと、ロージーがおかしかったことを気にしてくれて。大丈夫なのか、心配してくれて。しばらく会えないかもしれない、と言っていたのに、様子をたしかめてくれている。

この人と結婚してもいいかも、が、この人と結婚したい、にだんだん気持ちが傾いてきた。

ジュリアーノがいてくれれば寂しくない。

もう、マッテオに会う必要はない。誘われても、断る。

マッテオはこの国に来てしばらく、寂しくて不安だったロージーにやさしくしてくれた。あのときは本当に助かった。マッテオのおかげで毎日が楽しかった。

そのことだけを覚えておきたい。

たった一回のことで、すべてを壊したくはない。

そう思っていた。

いま、この瞬間までは。

だって、怖い。

完全に怖い。

どうして、ここにいるの……？

「いやー、計画が狂っちゃってさ」

マッテオは飄々《ひょうひょう》と話している。それがますます、ロージーの恐怖をあおる。

「本当はぼくを好きにならせて、結婚式の前夜、一緒にここから逃げる計画だったんだよ。きみはジュリアーノのことが好きじゃないし、一人でお城にいて不安そうだし、すぐに思いどおりになるかな、って。だけど、全然うまくいかない」

ロージーは何も言えず、ただマッテオを見ている。

マッテオの言葉がちゃんとした意味を持って頭に入ってこない。

理解できない。

「あ、もちろん、逃げたあとはどこかに捨てて、ぼくは一人でお城に帰るけどね。きみのことなんか知らないふりで。きみは自分でぼくを選んだ負い目があるからお城には戻ってこないだろうし、正直、その後どうなったとしてもぼくには関係ない。きみとお茶会をしていたことはすぐにばれるだろうから、いろいろ言うつもりだったよ。とても悩んでいた、ジュリアーノのことがきらいでたまらない、どうしよう、と言っていたから逃げたかもしれない、とかね。ジュリアーノが恥をかく姿を見て、ざまあみろ、と思いつつ、慰めの言葉を口にしたりとか。そういうことを思い描いていたけど、きみは本当にがんこだね。ぼくみたいないい男になびかないなんて」

おとといの違和感は正しかった。

ジュリアーノのことがきらいじゃない、と言ったときに、マッテオの様子が変わったのだ。

目が笑ってなかった。怖かった。

その感覚はまちがっていなかった。

「顔も似たようなものだし、ぼくの方がやさしいから、すぐにどうにかなると思ってたんだけどね。ウェディングドレスまで決めたみたいで、これはもう本当に無理だな、と。まあ、途中から、ちょっと無理かもな、と思ってたから、ちがう作戦を考えることにした。それでも、これはできればしたくなかったな。美しくないんだよね」

マッテオは肩をすくめる。

やさしいなんて思っていたロージーがバカだった。うわべだけのやさしさにだまされていた。

「あなただけが…頼りだったころがあったのに…」

何も見抜けなかった。

「ぼくがみんなを遠ざけたんだよ。高慢ちきでいやな女だ、って。使用人には信頼されているみたいだけど、だれも彼女たちに話を聞こうとはしないからね。ぼくの話を信じるよ。そうやって、ぼくだけしか頼れないようにしたのに、なぜ？　ぼくを選べばよかったんだよ」

「それほど、あなたのことは好きじゃないわ」

急に強気な自分が戻ってきた。

怖いのは、いまも怖い。

だけど、その恐怖にとらわれると何もできなくなる。

わたしは強い。

ジュリアーノがそう言ってくれた。

おまえは気が強い、そこがいい、と。

だから、こんな人には負けない。

「ジュリアーノのことは好きなのか」

まさかな、という口調に、むっとした。

「ええ、好きよ」

マッテオを挑発するつもりだった。

そう言ったらどうなるのか。

それが知りたくて、単に言葉にしてみただけ。

なのに。

「…え？」

ロージーは自分でも驚く。

どうやら、わたし…。

「は？」

マッテオの声が大きくて、ロージーのとまどいの声はかき消された。それで、よかった。だって、自分でもまだ気持ちの整理がついていない。

そんなところにつけこまれたくない。

「あのジュリアーノを好き？　冗談だろ」

口調がどんどん変わってくる。やさしくて穏やかなマッテオなんて、実はいなかったのかもしれない。

ロージーをだまして自分を好きにならせようとがんばっていた、あれは仮の姿。

「ジュリアーノが何をしたのか教えてやろうか」

「いいわよ。知ってる」

そういえば、ロージーも丁寧な言葉で話していない。だって、この人に丁寧に話す意味なんてない。

「いいや、おまえは知らない」

きみ、から、おまえ。

でも、どうでもいい。なんとでも呼べばいい。

「あいつはぼくの妻を寝とったんだ。それも、結婚式当日にな」

「……」

何か言いたいのに、なんの言葉も出てこない。

この感情がなんなのかもわからない。

「そのことを、ぼくは結婚してしばらくの間、知らなかったんだ」

「それは…あの…」

どう告げればいいのだろう。

「本当にごめんなさい」

ロージーが謝る必要なんてない。だけど、これから結婚する相手の罪もすべて背負うものだ、となぜか思えた。

病めるときも、健やかなるときも。

それはつまり、いいときも、悪いときも。

「なぜ、おまえが謝る」

マッテオはけげんそうな顔をしている。

「ジュリアーノがしたことは本当にいけないことで、ここに本人がいれば謝らせるけれど、いまはいないから。だから、かわりにわたしが謝ります。ごめんなさい。あなたにひどいことをしました」

「すっげー、むかつく！」

マッテオがせせら笑った。

「なんだよ、それ。おまえはなんの関係もないのに、口出してくるんじゃねえよ。憐《あわ》れんでるのかよ。バカにすんな」

マッテオは怒っている。

ロージーに謝られて、とんでもなく怒っている。

それが伝わってくる。

「おまえも、ぼくのことをかわいそうな被害者だと思ってんのか。いいか、別にあの女のことはどうでもいいんだよ。親に決められた相手で、好きだと思ったこともない。そういうものだろ、結婚って。だから、ジュリアーノと浮気しようと勝手にすればいい。ぼくに隠れてやってればいいんだよ。ぼくにだけじゃない。みんなから隠れて、だれにもばれないようにこそこそするのが礼儀ってものじゃないのか。そう思わないか」

同意を求められても答えてはだめ。きっと、どんな答えでも気に入らない。ますます怒らせてしまう。

「それなのに、あいつはみんなに言いふらしやがった。まさか、結婚する花嫁とは思わなかったよ、ねえ、いますぐ抱いて、って言われてね、俺としても、退屈な結婚式から逃れられるならいいか、って、ああ、そうか、ごめん、きみの結婚式だったね。あははは。その笑い声はいまでも覚えている」

…ひどい。ジュリアーノが全面的に悪い。

「あれはなんの場だったかな。とにかく人がたくさんいた。みんな、ぼくを気の毒がるふりをしながら、こそこそ笑ってたよ。そのときのぼくの気持ちがわかるか？　わかるのか？　わかるんだったら、謝れ！」

マッテオはとても傷ついている。

ここにジュリアーノがいたら、真摯に謝らせたい。そうじゃなければ、結婚なんかしたくない。

「ジュリアーノが結婚するときがきたら復讐《ふくしゅう》してやろう、と誓った。だが、あいつは結婚しない。もしかしたら、一生結婚しないんじゃないか、とあきらめるようになった。あれは過去のこと、もうどうでもいい。そんな心情にもなれた。そんなときだよ、おまえがやってきたのは」

忘れようとしていた過去がよみがえってきた。

そういうことだ。

「さて、ロージー」

マッテオがにやりと笑った。

「ぼくは、いまから、何をしようと思っているでしょうか」

少し落ち着いてきたのか、口調は穏やかになった。だけど、まとっている空気はよどんだまま。

怖い。

本当に怖い。

「あの…わたし…」

「そう、おまえを犯す」

何も言ってない。

なんにも、ひとことも、言ってない。

ロージーがベッドから抜け出そうとしたのと、マッテオがロージーの肩を押さえつけたのは、ほぼ同時だった。

動けない。

どうしよう…。

「どうやら、あいつはおまえのことを大事にしてるらしいじゃないか。いまは謝罪行脚っていうのかな？　いろんなところに、これまで迷惑をかけてすみません、結婚するので遊べなくなります、ご了承ください、って頭を下げて回ってるんだってさ」

「え…」

嬉しい。

こんな状況なのに、そんなことを思う。

ジュリアーノがそうやってきちんと表明してくれることが本当に嬉しい。

「そんなに大事にしている花嫁を寝とられたら、あいつも絶望を味わうかな。まあ、気づかないか。おまえが言わなければ」

「気づくわよ。だって、わたしたち、まだ…」

そこまで口にしてから、ロージーは、しまった！　と思った。

こんなこと言ったら…。

「へえ」

マッテオがにやりとする。

その表情がとても醜く見えて、ロージーは悲しくなった。

マッテオのことは、友達として好意を抱いていた。偽りの姿だったとしても、それでも、マッテオとのお茶会は楽しかった。

その記憶までも消したくなる。

それが悲しい。

「だったら、これはきちんとした復讐だな。ぼくも彼女と性行為をする前に寝とられたんだし。おあいこってやつだ」

「お願い…」

ロージーは真剣に頼んでみる。

「きちんとジュリアーノには償わせるから。そんなことをしたら、あなたもあなた自身のことがきらいになるわ。わたし、知ってる。マッテオは悪い人じゃないって…」

「うるせえ、バカ」

マッテオが、ふん、と鼻を鳴らした。

「ジュリアーノが妻とのことを話したあとから、ぼくは自分が大っきらいになったんだ。どうして気づかなかったのか、自分を責めてばかりいた。結婚式の最中、妻がしばらくいなくなっていても、ドレスの着替えに手間取っているのだとばかり。バカだよな」

そんなことはない。結婚式にひどいことをしたのはジュリアーノとマッテオの奥さんで、マッテオは悪くない。バカでもない。

「ジュリアーノに復讐すれば、また自分のことを好きになれるかもしれない。よかったよ、おまえがいてくれて。感謝する」

マッテオにはとても同情する。

でも、感謝なんてされたくない！

「わたしは…ジュリアーノが好きなの！　ジュリアーノと初夜を迎えるの！　だから…お願い…」

そう、いつの間にかジュリアーノのことが好きになっていた。

どうしてなのかはわからない。

国のことを真剣に考えてくれたから？　父親のことを尊重してくれているから？　話してみたら、そんなに悪い人じゃなかったから？　価値感が似ているから？

そのどれでもあって、どれでもないのかもしれない。

ジュリアーノと歩む未来が見える。

そう思えるようになったときには、もう好きだったのだろう。

「好きだってさ！」

あーはっはっは！　と大声で笑われた。

「いいな、あんな最低なやつでも好きになってもらえて。その好きな相手にじゃなくて、ぼくに処女を奪われる。それは、どんな絶望だろうね。味わわせてあげるよ」

淡々と、なんの感情もこめずにそう告げるマッテオは、いままでで一番怖く見えた。体が震えてくる。

どうしよう。

…逃げられない。

「大変、申し訳なかった」

そこに、声が響いた。

だれのものか、まちがえることはない、この二ヶ月ちょっと、ほぼ毎日のように聞いていた声。

顔を向けると、ドアのところにジュリアーノが立っていた。

「俺にできることなら、なんでもする。だから、ロージーのことは許してほしい。あのころの俺は、本当に無礼で傲慢で自信家で他人を傷つけることをなんとも思っていなかった。俺の責任だ。本当になんでもするから、ロージーには何もしないでほしい」

「なんでいるんだよ…」

マッテオが低くうなる。

「好きなやつのピンチに現れるのが結婚相手の役目だから」

しれっとそんなことを言ってるけど、火に油を注ぐってわかってる⁉

嬉しいわよ！　嬉しいけれど！

ああ、どうしよう…。

安堵《あんど》のあまり、涙が出る…。

ジュリアーノがきてくれた。だから、もう大丈夫。

わたしは何もされない。

それを信じることができる。

やっぱり、この人がわたしの結婚相手。

「おまえにできることはなんでもするんだな?」

マッテオがにやりと笑った。

「じゃあ、そこで見てろ。ぼくがこの女を犯すところを黙って見ていろ。ぼくがどんな気持ちだったのか、味わえばいい」

ロージーの肩に置かれた手に力がこもる。痛いけど、言葉を出せない。何か言ったら、もっと悪い事態に陥りそうで。

「それはできない」

ジュリアーノが首をふった。

「それ以外に、おまえにできることなんてない」

「たくさんある。まずは、自分のしたことを反省して、おまえの妻に謝りにいった」

「…は?」

マッテオが驚いたようにジュリアーノを見る。

「ロージーがおまえの名前を出したときに思い出した。俺がした、ひどいことを。きっと、復讐するつもりなんだ、と思い当たった。だが、その報いを受けるのは俺だ。ロージーじゃない」

「おまえはぼくの妻を寝とって、ぼくのプライドを粉々にした。だから、ぼくもおなじことをする」

マッテオは肩をすくめた。

「とはいえ、こんな状況になって、おまえがそこで静かに見ているとは思わない。だから、いったん引いてやるよ」

いったん…？

「これから先、おまえらはこの城で暮らす。ぼくもここにいる。しばらくは用心するだろうけれど、隙はかならず出てくる。ぼくは何がなんでも復讐をしてやるから、震えて待っていろ」

マッテオがロージーから手を離した。

「おまえらに安寧のときなんか訪れない」

「その怒りは正当だ。俺にできるのは頼むことだけ。だから、頼む、おまえの妻の話も聞いてやってくれ」

「は？　結婚式当日に浮気をした女の話を、どうして聞かなきゃいけないんだ」

「聞いてほしいから」

ジュリアーノの後ろから、すらりとした黒髪の女性が現れた。黒髪は長くつややかで、目も黒い。エキゾチックな美女だ。

「エレーナ…？」

「覚えてたのね。しばらく会ってないから忘れられたかと思っていたわ」

エレーナと呼ばれた女性は微笑んだ。

「マッテオ。あなたとあのときの話をしなかったのは、私の臆病さゆえよ。どんな説明をしてもわかってもらえないとあきらめていたの。でも、あなたがそんなに苦しんでいると知って、いくら信じてもらえなくても正直に打ち明けようと決めたわ。私は、この人とあなたをまちがえたの」

「…は？」

「…え？」

マッテオとロージーは同時にそうつぶやく。

まちがえた？

マッテオとジュリアーノを？

結婚式の場で？

…まさか。

「似てない、と言うでしょうね。ジュリアーノにもそう言われた。でもね、私の立場にもなってみてほしいの。私の国では私のような容姿の人ばかりで、あなたたちのような顔立ちの人に会ったことがない。しばらくすれば見慣れて、見分けがついたかもしれないけれど、あのときの私には無理だった。ドレスを着替えているときにジュリアーノがやってきて、私はあなただと思ったの。結婚式で感情が高ぶっていたし、あなたと結婚できたのも嬉しかった。わざわざ会いにきてくれたことに、もっと嬉しくなった。だから、言ったの。いますぐ抱いて、って。

夜まで待てないぐらい、あなたを求めていたから」

ああ、うそじゃない。この人は真実を告げている。

それがわかる。

そして、すごく胸が痛い。

「すべてが終わったあとで、いいのか、旦那のことはほっといて、と言われたの。それで、ようやく気づいた。私が抱かれたのはあなたじゃない、って。後悔したわ。本当よ。死ぬほど後悔して、隠すことに決めたの。まさか、ジュリアーノがばらして、私たちの結婚生活を破壊するなんて想像もしてなかったから」

マッテオがじっとエレーナを見つめている。その表情からは感情が読めない。

「あなたといるときは幸せだったけれど、ふとしたときに思い出しては、自分のバカさ加減が許せなくなって、いなくなりたい、とも思った。あなたにばれてからは、会うこともできなくなり、最初からちゃんと説明しておけばよかった、と後悔した。そうしたら、もっとちがう関係になれていたかもしれない。隠すのが一番だめなことだった。ごめんなさい」

エレーナが顔をゆがませた。

「その子に私とおなじ思いをさせないで。私の不誠実さの怒りを、私以外に向けないで。あなたにばれたあと、何度も説明しようとした。それでも、どうせ信じてもらえない、いま以上によくなることはない、冠婚葬祭で会えるだけでもいい、と思ってた。あなたにはあなたの苦しみがあることすら気づいていなかった。ねえ、マッテオ、私は、いまからでも遅くないと思いたいの。だから、話し合いましょう。もしあなたが許してくれるなら、あなたとちゃんとした夫婦生活を送りたい。子供も欲しい。あなたの子供が欲しいの」

「どうして…」

マッテオの声は小さかった。どうしていいのか、きっとわからないのだ。

「一目《ひとめ》惚《ぼ》れだったのよ」

エレーナがにっこりと笑った。

「私の王子様、って思った」

ああ、ここが運命の結婚相手だったのか。

ロージーの心が温かくなった。それと同時に、とてもとても申し訳なくなった。

それを壊したのが自分の未来の夫であることが心苦しい。

そして、そんなジュリアーノと幸せになりたいといまでも思っていることが、もっと心苦しい。

「ねえ、あなた」

エレーナがマッテオに近づいていく。

「どうしてほしい、とかはない。許せないなら許せないでいい。それでも、話し合いをしましょう。ジュリアーノは悪くない。すべて、私が悪い。あなたとまちがえたのは私で、抱いてほしい、と望んだのは私。これだけ長い間、この状況を放っておいたのも私。すべて私の責任よ。だから、怒りをぶつけるなら私にして。彼女は悪くない。わかってるでしょ？」

エレーナがマッテオの手を取った。マッテオが、びくり、と体を震わせる。

「あの…！」

そう声をかけてみたものの、何を言えばいいのかわからない。

「こんにちは。あ、こんばんは、ね」

エレーナがにこっと笑った。

とてもきれいな人だな、と思う。顔立ちだけじゃなくて、雰囲気も美しい。

「わたし…あの…」

「マッテオとお茶会をしてたんでしょう？」

「え、知ってる…んですか…？」

「うわさになっていたもの。ああいうのは、本当にこっそりやらないと、だれかに見つかるものよ。見つけてほしかったんでしょうけど、だれかさんは。ね、マッテオ」

「最初の計画ではな…」

マッテオはうつむいている。さっきまでの悪意みたいなものはなくなった。

ロージーがマッテオを好きになって、ジュリアーノがいやになって出て行った、という話を裏付けるためには、マッテオとロージーが頻繁に会っていた証拠がいる。だから、わざわざいろんな場所でお茶会をしたのだろう。

でも。

「マッテオはやさしかったです」

ロージーははっきりとそう告げた。

そこだけは譲りたくない。

マッテオだけが自分の味方だと思えた時期がたしかにあった。

そのことを忘れるつもりはない。

「やさしいのよ、この人。私とジュリアーノのことがわかったときも、私を責めなかった。そうさせたぼくが悪いんだよな、ってぽつんとつぶやいて、それ以降、私に個人的に会おうとしなかった。ジュリアーノのことは恨んだかもしれない。でも、そんなに長く恨むような人でもない。ジュリアーノが結婚することになって、あのことを思い出したのでしょう。あなたには怖い思いをさせてごめんなさい。やさしかった、その記憶だけが残ってくれると嬉しいのだけれど、それもまた無理な話ね」

エレーナは自分が痛いみたいな表情になった。

この人は悪くない。

もっと言ってしまえば、だれも悪くない。

それでも、こんな悲劇が起こってしまった。

少しずつかけちがえたボタンが取り返しのつかないことになった。

悲しい。

とてもとても悲しい。

「いや、やっぱ、俺が悪いと思う」

ジュリアーノがつぶやいた。

「自分の結婚は大事にしようとずっと思っていたのに、他人の結婚には無頓着だった。今日結婚式をする花嫁だろうと気にしなかった。そんなの、絶対にダメなのに」

「ふざけんな！」

マッテオが叫ぶ。

「おまえら、まるで自分が被害者みたいなこと言いやがって！　全員が反省したから、それでおしまい？　そんなわけねえだろ！　そんなわけが…」

エレーナがマッテオの手を引いた。そんなに強い力じゃない。だけど、マッテオはそれに導かれるようにベッドから降りる。

「私、あなたは平気なんだと思ってた。私のことなんてどうでもいいんだ、と。でも、ちがうのなら、いまからでもやり直したい。ひさしぶりにあなたと話せて、内容がこんなことでも、とても嬉しい。私、いまでもあなたが好きなの。いまでも、私の王子様、って思ってる。それは一生変わらない。だから、王子様は王子様らしくいてほしい。女の子にひどいことしないで」

「それは…おまえの勝手な…ぼくは王子様じゃ…」

「行きましょう」

エレーナがマッテオの手をつかんだまま、ドアへと向かった。マッテオはぶつぶつ言いながらも、おとなしくついていく。

うまくいくといい。

それをロージーが願うのはよけいなお世話でしかないけど、ちゃんとした場所にちゃんとしたボタンがはまればいい。

「お邪魔しました。私の王子様が迷惑かけてごめんなさい。二度とさせないので許してね」

「いや！　ぼくはあきらめな…」

「いいから」

エレーナがマッテオの口を手でそっと覆った。

「悪い人のふりはしなくていい。あなたはそんな人じゃない」

「ぼくのこと知りもしないくせに…」

「これから知っていくわ…」

マッテオとエレーナの声が遠くなっていく。

「俺は…」

ジュリアーノがドアの近くに立ったまま、ロージーを見つめている。口を開いたものの、言葉がつづかないみたいで視線をさまよわせた。

「ねえ、どうしてわたしと結婚しようと思ったの？」

だから、聞いてみたいことを聞くことにした。

本当に気まぐれ？

それだけ？

ジュリアーノはしばらく考えてから、ぽつり、と話しだす。

「昔、おまえのところで働いていた使用人がいてな。次期当主なのに、まるで天使みたいにやさしいんです、あの方がこのまま生きていけるか心配です、もうちょっと心が黒くならないと上には立てないんじゃなかと思うんですよ。でも、あのままでいてほしいと願ってもいます。そんなことを言っていて、俺はおまえに興味を抱いた。天使みたいな次期当主ってどんなんだ、って。とはいえ、結婚したい、とかは考えていなくて、次期当主になったら商売相手として会ってみたいな、ぐらいだ。そしたら、その国が売りに出た。天使みたいな次期当主と結婚できるらしい。だったら、俺以外にはやりたくない。そう思った。気まぐれじゃないな。好奇心だ。本当に天使なのかどうかを知りたかった」

ちゃんと理由があった。気まぐれじゃなかった。

好奇心だとしても嬉しい。

わたしに興味があって、わたしに会ってみたくて、わたしと結婚したかった、ってこと。

その子はいまもここにいるのだろうか。だとしたら、会ってみたい。

ありがとう。あなたのおかげでジュリアーノと出会えたわ。

そうお礼を言いたい。

でも。

「天使じゃなかったでしょう」

わたしはそんなにいい人間じゃない。

「そうだな」

ジュリアーノはくすりと笑った。

「気が強くて意地っ張りで俺のことをまっすぐな目で見つめて、あなたなんか大っきらい、って視線で伝えてきた。おもしれー女、と思ったよ。これが天使なわけがない、って。だから、よけいに興味を抱いた」

「よけいに……？」

天使を求めていたのに？

「天使なだけな人間なんてつまらないだろ。天使な面も、そうじゃない面もあった方がいい」

「わたしに天使な面なんてある？」

あなたが魅《ひ》かれる部分がある？

「使用人にやさしい。人の悪口を言わない。それだけで、俺には天使に見える」

だったら、よかった。

「ねえ、ジュリアーノ。どうして、そこに立ってるの？」

ずっと、ドアの横に。

「おまえのそばにいく権利がない気がして」

「権利？」

どんな権利？

「天使のそばに悪魔は似合わない」

「あなたは悪魔じゃないわ。ここにきて？」

ロージーは自分の横をたたいた。ジュリアーノは、ふう、と息をつく。

「おせっかいな天使だな」

「おせっかいじゃないわ。してほしいことを言っただけよ」

ジュリアーノはくすりと笑うと、ベッドまでやってきた。ぎしり、と音を立ててベッドに乗ると、ロージーの横に座る。ロージーはジュリアーノの手をとった。そのまま、そっとつなぐ。

ジュリアーノは振り払わない。

よかった。

ジュリアーノの手はあったかい。

「わたしも最初はあなたのことを悪魔だと思ってた。ひどいことばかりする、最低な人間だって。でも、話していくうちにそうじゃないことを知った。根本的なところで似ているとも思った。過去にした許されないことはあるでしょう。派手に遊んで、その名をとどろかした性豪ですものね」

「性豪！」

ジュリアーノが声をたてて笑う。

「おもしろいな、やっぱり、おまえは」

「あなたの過去は性豪以外のなにものでもないわ。それについては反省することだらけでしょうけど、若くて無鉄砲で少し頭が悪かったんだからしょうがないわよ」

「そんなにぽんぽん悪口が出てくるなんて、本当に本当に本当に気が強いな！」

ジュリアーノがもっと大声で笑った。

「そうよ。気が強い天使なの」

「それがいい」

ジュリアーノが微笑む。

「気が強い天使が好みなんだ」

唐突にそんなことを言われて、頬が赤くなった。ロージーは慌てて、話題を変える。

「そういえば、エレーナに謝りにいったの？」

それも聞きたかった。

どうしてあのタイミングで部屋にきたのか、それを知りたい。

「あ、そうそう。今日の夜、時間があったから部屋にいったんだ」

「女性の部屋に、夜に?」

それはどうかと思う…。

「もちろん、向こうもこっちも使用人つきだぞ。部屋のドアも大きく開けてたし、話をしたかったただけだ。俺は忙しすぎてまったく予定がたたないから、苦肉の策ってやつ」

「それならいいけど…」

このところ毎日夕方はロージーのところにきてくれてたし、お昼はずっと出かけているし、夜になるのはしょうがない。

「内緒で男とお茶会をやるやつとはちがう」

「…ごめんなさい」

そうだ。それもあった。

ロージーにも謝るべき部分はある。

「冗談だ」

ジュリアーノはくすりと笑う。

「おまえは寂しかった。この国のだれかと話したかった。それだけだろ。そこにマッテオがつけこんだのも、もとはといえば俺のせい。だから、おまえもマッテオも悪くない。使用人もついてくれたんだし、気にするな」

そうだ。いつもミンディとソフィアがついてきてくれていた。そのおかげで、こうやって信じてもらえる。

彼女たちにはたくさんたくさん感謝をしよう。

マッテオとのお茶会を好ましく思っていなかったとしても、ジュリアーノとマッテオの間にあったことを知っていても、黙ってくれていた。

そして、やっぱり、何度思い出しても、最初のころのマッテオはやさしかった。ロージーに恋させようとしていたというよりは、国に来たばかりのころのエレーナにしてあげたかったことをしていたのかもしれない。

それはロージーの勝手な想像だけれども。

「エレーナの話に戻ると、いろいろと話を聞いて、これはマッテオの誤解を解いておいた方がいいと思ったんだ。エレーナはマッテオのことが好きなんだし、マッテオがどう思っているかはわからないけれど、そこをはっきりさせた方がいい。俺はボコボコに殴られる覚悟でまずはマッテオに謝ろう、と」

殴られてもしょうがないことはした。

だけど、殴られなくてよかった。

ジュリアーノのきれいな顔がそのまんまでよかった。

本当にわたしも勝手。

天使なんかじゃない。

「マッテオの部屋に行ったら、いなかった。もしかしてロージーに何かしようとしてるんじゃないか、と慌てて来てみたら、そのとおりだった。間に合ってよかった…」

ジュリアーノがひとつ息をつく。

「本当に、間に合ってよかった…」

改めてしみじみと言うものだから、ロージーもうるっとしてしまう。

うん、間に合ってよかった。

ロージーとジュリアーノだけじゃなく、マッテオのことも、そしてエレーナも、守れてよかった。

何か起こっていたら、すべてが壊れてしまっていた。

マッテオとエレーナが今後どうなるのかはわからない。だけど、マッテオが何かをしていた場合、もとに戻る可能性なんてなくなる。

だから、よかった。

「わたし、あなたのことを王子様と思ったことないの」

エレーナのように、私の王子様、なんて思えなかった。

だって、会ったときは本当にいやな人だったから。

「だろうな。王子様に対する態度じゃなかったぞ」

ジュリアーノが笑っている。きっと、いろいろ思い出したのだろう。

「でも、さっき、わたしが一番望んでいるときに現れてくれて、わたしのヒーローだって思った」

王子様じゃない。

ヒーロー。

「俺がヒーロー？」

「そう。あなたはわたしのヒーローよ。助けてくれてありがとう」

つないだ手に力をこめると、ジュリアーノが握り返してくれた。

「天使じゃないわたしだけど、あなたと結婚したい」

国のためじゃなくて。

自分のために結婚したい。

「おまえを最初に見たとき、あまりにも好みの容姿で驚いた。普通、肖像画っていうのは盛られてるものなんだ。それなのに、肖像画よりも魅力的なのが現れたら動揺するに決まってる」

「…え？」

すごくそっけなかった。気まぐれと言われた。

あれは動揺してたから？

「意地悪をしたり、ひどい態度をとっていたのも、そのうち婚約破棄されても、まあ、あんなことしたしな、しょうがないな、と自分を守るためだった。だって、おまえが俺と結婚するなんて思えなかったから。いつか、わたしが望んでいるのはこんな結婚じゃない！　って国に帰るんだろうと考えていた。使用人からの評判もよくて、天使はやっぱり天使で、わたしのことを知ってほしい、と純粋な目で訴えてくる。おまえのことを知れば知るほど、俺にはふさわしくない、俺のものじゃない、そうであってほしいけど、きっとちがう。そんな気持ちでいた」

知らなかった。

いつも飄々としていて、人生を謳歌《おうか》しているように見えていた。

自信家で傲慢で意地悪。

それがジュリアーノの自然な姿なのだ、と。

でも、ちがった。

ジュリアーノはジュリアーノなりに悩んでいたのだ。

「いつしか、おまえと過ごす時間がかけがえのないものになって、もしかしたら、このままうまくいくかも、と期待するようになっていた。そのころからかな。おまえと話す時間が増えて、そうか、そんな幼少時代を過ごしたんだ、そうやって育ってきたんだ、そんなことを考えているんだ、と知ることが増えてきた。それでも、俺は逃げ道がほしくて、最低限しか関わらないようにしてきた。でも、だめだ。今日のことでわかった。俺はおまえのことが本当に好きで、おまえ以外と結婚したくない。おまえをだれにも渡したくないし、俺のものになってほしい」

ジュリアーノがロージーをじっと見た。吸い込まれそうな瞳。

「ロージー」

その呼び方。その声。

すべてにどきどきする。

「俺と結婚してください」

「はい！」

そう答えたら、涙がぽろぽろあふれてきた。

「わたしも…いつからか、あなたのことが好きになってた。最初はとてもいやな人と思ってたけど、本当のあなたはすごく繊細で傷つきやすい面も持ってる。もちろん、自信家で意地悪なのは変わらないと思うけど」

「気が強い」

ジュリアーノがくすりと笑う。

「それでも、わたしもあなたを知るにつれて、あなたと生涯を過ごしたいと思うようになった。だから、はい、あなたと結婚します」

このまま幸せになれるかどうかはわからない。人生にはいろいろなことがある。ある日突然、国がなくなってしまうことも、国の財政が破たんしてしまうこともある。

ジュリアーノとロージーにも、何か起こるかもしれない。

それでも。

たとえ、不幸なできごとがあったとしても。

それでも、この人と一緒にいたい。

幸せなときだけじゃなくて、不幸なときもともにいたい。

そう思えた。

そして、それはすごくすてきなこと。

「よかった」

ジュリアーノの手から力が抜けた。ロージーも気づいたら、ぎゅっと強く握っていた。

二人とも緊張していたのだ。

「なあ、ロージー」

「なにかしら」

「初夜やろう」

「…え?」

初夜?

「結婚するまでしなかったのは、別にそんな決まりがあるとかじゃなくて、性行為をしたあとで結婚がだめになったら、俺の受ける傷が深くなるから。俺は自分のことしか考えてない。それでもいいのか？」

「そんなあなたを好きになったの」

自分のことしか考えてないのはロージーだっておんなじ。

それでも、ジュリアーノもロージーも他人のことを、自分とおなじようにではないけれど、尊重できると信じている。

だから、気が合ったし、好きになったのだ、と。

「そうか」

ジュリアーノがほっとしている。

「俺もおまえのそんな寛容なところが好きだ。というわけで、初夜をしよう。いますぐしよう」

「いますぐ…？」

「いやか」

「いやじゃないけど…そんなに慌ててするものなの？」

結婚式の夜におごそかにするものではなくて？

「おまえを俺のものにしたい。おまえが俺のことを好きだとわかったら、一秒たりとも待ちたくない。だが、おまえが結婚式のあとがいいと言うのなら、我慢する」

いま、ここでする。
結婚式をして、正式に夫婦となってからする。
そのふたつに何かちがいはあるのだろうか。
ない。
だったら……。
「わたしもしたい」
ジュリアーノと初夜をしたい。
ジュリアーノが子供みたいに無邪気な表情で、本当に嬉しそうに笑った。
その笑顔を見られただけで、自分の答えはまちがっていないと思える。
ジュリアーノが喜んでくれるなら、それでいい。
つながれた手が離れて、ジュリアーノがロージーに覆《おお》いかぶさってきた。
うん、これでいい。

第八章

するり、と寝間着のリボンがほどかれた。コットン生地の肌触りのいいワンピース。腰のところにリボンが巻いてあって、それがかわいくてとても好き。

そのリボンがなくなると、ふわり、と腰の部分が広がった。

「なんか、妖精みたい」

ジュリアーノがくすりと笑う。

「どこが？」

ただの寝間着なのに。

「寝間着の裾にかけて広がっているシルエットが。小さな羽がついてたら、完璧に妖精に見える」

「わたしなのに？」

「おまえだからだ」

そんなことを言われて、頬が熱くなった。

「照れてるのか？」

「うるさいわね！」

そう返してから、はっとなる。

こういうところがかわいくないのだ。

「おまえはそのままでいい」

ジュリアーノがやさしく言ってくれる。

「意地っ張りで気の強いところも魅力のひとつだ。俺の言うことに、はい、って素直にうなずくだけのやつはつまらない。たまには議論もしたいし、喧嘩《けんか》だってするだろう。そのときに自分の気持ちを押し殺すのはやめてほしい」

「あなたって…」

ロージーは言葉を探す。

どう表現するのが一番ふさわしいだろう。

「とても心が広いのね」

そう、ものすごく寛大。

「そうだろう」

にやりと笑う、そんな自信家なところもすてきだと思ってしまう。

恋ってすごい。

これまで欠点だと思っていたことすら好きになる。

「脱がせるぞ」

ジュリアーノが寝間着の裾を持って、するすると上にめくっていく。ロージーも腰をあげて、ジュリアーノが脱がせやすいように協力した。

これまでは裸を見られることがいやだった。好きでもない人に、どうしてこんなことをされなきゃいけないの、と思っていた。

いまも決して、すごく見せたい、とかではない。恥ずかしさはもちろんある。だけど、好きな人との初夜。今日、ジュリアーノと結ばれる。だったら、裸になることはまったくいやじゃない。

「きれいだな」

寝間着を脱がせたあとで、ジュリアーノがそうつぶやいた。

「本当に?」

これまで、一度だって言ってもらったことがない。

「本当に。ずっと、きれいな肌だと思っていた」

「わたしもあなたの裸が見たい」

いつだって洋服を着たままで、ロージーを好きなようにしてきた。それで一層、もてあそばれているふうに思えた。

「お、大胆な」

ジュリアーノが目を細める。

「いいな。俺の未来のお嫁さんは、俺の裸を見たがっている」

「だって、わたしだけが裸なんていやだもの。あなたも裸になって」

「それもそうだな」

すぐに納得してくれるのは、ジュリアーノのいいところだと思う。

ジュリアーノはシャツのボタンに指をかけた。今日の部屋着は白のシャツとズボン。だいたい、いつも変わらない。部屋着の色が変化するぐらいだ。

でも、白はとてもよく似合う。

「ジュリアーノって白が映えるわね。王子様みたい」

「ヒーローじゃなくて?」

「あなたの存在がヒーローで、姿かたちは王子様」

「すごくほめられてるな」

ジュリアーノが嬉しそうな表情になった。

「銀の髪もとてもすてき。それは最初に会ったときに思った。こんなきれいな髪の色、見たことがないって。これまで言ったことないけれど、あなた、とてもかっこいいわよ。知ってた?」

いたずらっぽく、そう言ってみる。ジュリアーノがかっこいいことなんて全世界が知っているようなものだから、わざわざ教える必要なんてない。

ただ、ふざけているだけ。

「そうか、俺はかっこいいのか。どうりで、俺の肖像画が国家予算の一部になっているわけだ」

「そんなに売れてるの?」

すごい。

「おまえは…」

「買ったことない」

「即答するな!」

ジュリアーノが、あっはっは!　と豪快に笑った。

「だって、興味ないもの。でも、肖像画ってある程度売れたら、それ以上はだれも買わなくない?」

国家予算になるぐらい毎年売れるわけがない気がする。

「一種類だけだったら頭打ちになるが、毎年新しいものを、二、三種類、発売するからな」

「え!」

まさか、そんなに種類があるとは。

肖像画って、描かれる方も描く方も大変なのに。でも、それも仕事の一部ならしょうがない。

「家にこれまでの肖像画を全部飾ってる人とか、結構いるぞ。こちらへどうぞ、と招かれて、自分の肖像画に囲まれる、あの恐怖は全員に味わってほしい」

「みんな、肖像画なんて一度しか描かないもの」

ロージーは伴侶を公募するときに描いてもらったのみ。動いてはだめだし、数週間かかったし、とてもめんどくさくて、二度とやりたくない、と思った。

君主になると、ある程度年齢がいったときにまた描いてもらうようだけれど、ロージーはもう君主じゃないし、描いてもらわなくていい。

「俺はまだまだ描いてもらうけどな」

「結婚しても売れるの？　それはすごいわね」

ジュリアーノのかっこよさなら、結婚してようと売れそうではあるけれど。

「結婚したら売らない。おまえと二人で、あとは家族が増えていったらその都度、描いてもらう。俺の人生の節目を残しておきたいからな」

「あ…」

ロージーの目から涙がぽつりとこぼれた。

そうか、肖像画って思い出の瞬間を切り取るものでもあるのだ。

ジュリアーノはロージーとの人生を残したいと思ってくれている。

それが嬉しくて、胸が熱くなって、涙が自然と出てくる。

「こういうところもかわいい」

ジュリアーノがロージーの涙をぬぐった。

「嬉しい。ありがとう」

これまで、ほめられてお礼を言ったことはなかったような気がする。

感じたことを素直に口にしよう。

そう思えた。

「ジュリアーノにそう言われるのがとても幸せ」

「かわいい」

ジュリアーノがロージーの頬をなでる。

「かわいすぎて、いろいろしたくなる。さあ、初夜の始まりだ」

ジュリアーノがシャツを脱いだ。きちんと筋肉がついたきれいな体が現れる。

男の人の体って、こうなっているんだ。

裸の男性を見るのなんてはじめてで、ロージーはまじまじと見てしまった。

「どうした？」

「なんか…こう…」

「たくましくて頼りがいがある？」

やっぱり自信家でおもしろい。

「うん、そうね」

それはまちがってないし。

「こっちはどうかな？」

ジュリアーノはズボンも脱いだ。下着一枚になる。足も筋肉質でとてもうつくしい。

男性と女性の体はこんなにもちがうということが、すごく不思議。

「あとはここも」

下着をおろされた瞬間、ロージーは悲鳴をあげた。

「なっ…それ…っ…なに…っ…！」

想像もしていなかったものが、そこにはついている。

「俺のペニス。これをロージーの膣の中に入れて、動かして、気持ちよくする。まあ、そう怯《おび》えるな」

ジュリアーノが爆笑している。

「そうか、処女の反応ってこんななんだ。おもしろい」

「だって…そんな…の…」

ジュリアーノが膣を開発するために使った道具とは似ても似つかない！

「怖いことはしない。安心しろ。二人で気持ちよくなるために俺ががんばるから」

その言葉は信じられる。

ジュリアーノのことは信じている。

だったら。

「おまかせします」

この身も、この心も、ジュリアーノにゆだねよう。

「おまかせされました」

ジュリアーノが微笑んで、ロージーにちゅっとキスをした。

それだけで、心が落ち着く。

やっぱり、この人がわたしのヒーロー。

わたしを助けてくれる人。


唇を合わせて、軽く吸われた。そのやさしい動きに安心する。

そのまま何度か吸われて、舌が中に入ってきた。

「ん…っ…」

ロージーはジュリアーノの腕にしがみつく。

ジュリアーノの舌がロージーの口腔《こうこう》内をまさぐった。裏顎を舌先でなぞられて、びくん、と体が震える。

舌先をつつかれて、ロージーはおずおずとそれに応えた。舌を絡めて、くすぐりあう。

角度を変えて何度も絡めて、ロージーの頭の芯がしびれてきた。

唇が離れたときには、ぼんやりとジュリアーノを見つめるだけ。

「かわいいな、おまえは」

ジュリアーノがロージーの頬を手の甲でなでる。

「ありがとう…」

嬉しいときは素直にお礼を言う。

その方がジュリアーノも喜んでくれるんじゃないだろうか。

「俺のこともほめていいぞ」

その言い草がいかにもジュリアーノらしくて笑ってしまう。

「ジュリアーノはとてもかっこいい」

「知ってる。もっとちがうことはないのか」

「そうね。わたしの両親を大事にしてくれるところも好きよ」

お金の面ですでに属国あつかいだろうに、きちんと尊重してくれる。

「すてきな人たちにはきちんと向き合う。それだけだ」

「それだけのことでも、わたしは嬉しい。そういうことをしてくれる人が夫になるのが誇らしい。わたしね、どうやら、自分で思ってる以上にあなたのことが好きみたい」

ジュリアーノのいいところがいろいろ浮かんでくる。

あんなにきらいだった自信家の部分も、頼もしい、と思えるようになってきた。

「そうか。俺はずっと、おまえのことがすごく好きだぞ」

「嬉しい」

額を合わせて、唇を重ねる。

そういう行為がとても幸せ。

ジュリアーノがロージーのおっぱいを、もにゅり、と揉んだ。

「でっかいおっぱいだよな」

「ジュリアーノ！」

ロージーは真っ赤になる。

さっきまでのロマンチックな状態はどこにいったの！

「だって、ホントのことだし。俺はおっぱいがおっきくてもちっさくてもどっちでもいい。でも、おっきいといろいろできて楽しいな」

ぷるぷるとおっぱいを震わされた。

「こんなに揺れるのはいい。目でも楽しめる」

「もっ…バカ…っ…！」

わたしのおっぱいで遊ばないで！

「俺のことをバカと言うのはおまえぐらいのものだ」

ジュリアーノがくすくす笑う。

「あと、この乳首」

ジュリアーノがロージーの乳首をつまんだ。

「ふぁ…っ…」

ロージーの体が、びくん、と跳ねる。

「やっぱり、色も形もとても好みだ。乳輪の大きさ、乳首のとがり具合、硬さ、すべてが完璧。俺のためにある乳首だな」

乳頭に指を這《は》わされて、そのまま回された。

「ひゃ…ぁ…ん…」

びりびり、と体中に電気が走る。

「あえぎ声もいい」

ジュリアーノが、ふふ、と笑った。

「おまえを開発するのは楽しかった」

「もう…終わった…の…？」

開発されきった？

「全然。これから長い時間をかけて、ゆっくり開発していく。おまえとは生涯夫婦なんだし、おたがいにたくさん気持ちよくなった方がいいだろ」

生涯夫婦、という言葉に胸がきゅんとなる。

そうだ。わたしはジュリアーノと一生夫婦でいる。

「いまは…どのくらい…？」

「百分の一ぐらいかな」

「そんなに…っ…！」

まだ残ってるんだ。

「おっぱいすら、ほとんどしてないんじゃないかな。それは、さすがに言いすぎかも。でも、俺のやりたいことはまだたくさんある。楽しみにしておけ」

楽しみにしていいのかどうかはよくわからないけれど、ジュリアーノがいろいろしたいというのならしてくれていい。

「乳首はいじっているうちに、どんどん硬くなっていく。この突き出し方がいいんだよ。ピン、としたスクエア型」

ジュリアーノはロージーの乳首を上下になでさする。

「はぁ…っ…ん…」

とろり、と下腹部から何かが滴った。

ううん、何かじゃない。

これは愛液。感じると出るもの。

「うまそうだな。舐めてみよう」

ジュリアーノが右の乳首を、ちろり、と舌で舐める。ロージーの体がのけぞった。

「あっ…あぁ…ん…」

「いじられるのと舐められるの、どっちが好きだ?」

右の乳首は舌で、左の乳首は指で責められる。右側はちゅっと吸われたり、甘噛みされたり、舌で転がされたり、舐めあげられたり。左側はつままれたり、上下に弾かれたり、ぎゅっと上から押して離されたり、つんつん、といろんなところをつつかれたり。

「ひ…ん…っ…」

足が勝手にもじもじと揺れる。

「どっちだ?」

「わかんな…っ…」

どっちも気持ちいい。

「ここに聞いてみるか」

ジュリアーノがロージーの太腿《ふともも》を手でなぞった。

「ひ…ぁ…っ…」

そんな行為ですら感じてしまう。

するり、と太腿の間に手が入って、ジュリアーノがロージーの足を左右に開いた。こういうことをさらりとできてしまうあたり、ジュリアーノの経験値はすごいんだろうな、と思う。

だからといって、それがいやだ、というわけじゃない。もちろん、大歓迎でもないし、嬉しくもないし、話を聞きたくもないもないけれど、出会ってなかったときのことはしかたがない。

これからはおまえだけ。

そのジュリアーノの言葉を信じてる。

ジュリアーノの指が太腿の内側を這《は》って、どんどん奥に進んでいく。

「ん…っ…あ…」

これからされるだろうことを想像して、体がびくびくと震えた。

開発されきっていないとはいえ、まったく何も知らなかったときに比べたら、ロージーの体はずいぶんいやらしくなった。

くちゅ、と音がして、ジュリアーノの指が蜜口に触れる。

「あぁ…っ…ぁ…ぁ…っ…!」

ロージーは一瞬、絶頂を迎えそうになった。それをどうにかこらえる。

「いまイキそうじゃなかったか?」

「知らな…っ…」

真っ赤になった顔が答えになっているんだろうけれど、ジュリアーノはそれ以上追及しない。

やさしくされてる、とやっぱり思う。

以前に比べたら穏やかになった。

ジュリアーノが蜜口を指でなぞる。ぬちゅぬちゅと濡れた音がロージーの耳にも届いた。

「ひゃ…ぅ…」

つぷん。

そんな音をさせながら、ジュリアーノの指が膣の中に入ってくる。びくん、と膣の中が震えた。

体のいろんなところが、ジュリアーノに触れられるたびに震える。

「たくさん濡れてるな」

ジュリアーノは満足そうだ。

「だれの…せいだと…あぁ…ん…っ…!」

ロージーのいい部分をこすられた。足がピンと伸びて、すとん、と落ちる。

感じると、よくこうなる。

「俺のせい以外だったら許さない」

自分はいろんな女性を知っているくせに、ロージーには貞節を求めるのか。

でもなぜか、それが嬉しい。

わたしはおかしいのかもしれない。

おかしくてもいい。

ジュリアーノが好きだから、もうそれだけでいい。

「ここに」

ジュリアーノがロージーの膣を指でなぞった。

「ひ…ぁ…」

「これを入れる」

ジュリアーノが自分のペニスを指さす。

そこはさっき見たときよりも大きくなっている気がする。角度も上を向いていて、どうやってあれが入るのか、よくわからない。

「触ってみるか?」

ジュリアーノがにこっと笑った。

触りたくなんてない。だって、なんか怖い。

なのに、ロージーは自然と手を伸ばしていた。真ん中あたりに少し触れる。

熱い。

最初に感じたのは、それ。

もっと手を押しつけると、びくっ、とそこが震えた。

「わ…」

ロージーはびっくりして、手を離す。

「動いた…わ…」

「そりゃ動くさ。体の一部なんだから」

ジュリアーノがおもしろそうにロージーを見ている。

「どうだ?」

「なに…が…?」

「気持ち悪いと思うか?」

「全然…思わない…」

見たことがないし、自分にはない器官。触った感じも何と比べたらいいのかわからない独特なもの。硬いようなやわらかいような不思議な感触。そして、すごく熱い。

あれが本当に入るのかな。

それは不安だけど。

気持ち悪いなんて思わない。

むしろ…これは…。

「かわいい…?」

「おい!」

ジュリアーノが声をたてて笑った。

「やめろ！　こういうときに笑わせるな！　笑うとダメになるんだぞ」

あ、本当だ。少し小さくなって角度も下を向いてる。

「まさか、この俺さまのペニスをかわいいと言われるとは。かわいくないだろう、別に」

「だって、はじめて見るものなんだから、どう表現したらいいかわからないんだもの。不思議だなあ、とは思う」

「不思議か」

「うん、不思議。伸びたり縮んだりするの？」

「伸びたり縮んだり…」

ジュリアーノが、くっくっく、と小さく笑う。

「そんな側面もなきにしもあらずかな。ペニスについては、先々いろいろ教えてやる。おまえがこれを見ても平気ならそれでいい」

「平気というのはちょっとちがうかもしれない」

ロージーは正直に伝えた。

「何がどうなるのかわからないから不安はある。でも、あなたの…その…ペニス？」

そんな名前なこともさっき知ったばかり。

「お、なんかいいな」

ジュリアーノのペニスが、また、ぐん、と大きさを増す。

やっぱり、伸びたり縮んだりする。

「おまえがその言葉を口にするのがいい」

そうなんだ。やっぱり不思議。

「ペニスそのものは、なんか…えーっと…小さな生き物みたいでかわいい…？」

「かわいいってまた言ったな」

だけど、今度はペニスは小さくならない。

「おまえなりのほめ言葉だと思っておく。小さいとも言われたが」

「あなたの体に対して、って意味よ。小さいとかかわいいとか、あんまり言われたくない部分なの？」

そういうこともわからない。

「そうだな。男のプライドってものがあるから。でも、おまえの素直で率直な意見は変えてほしくないから、なんにも気にせず好きなように発言しろ。たしかめておくが、俺のペニスを入れられるのはいやじゃないんだな？」

「いやかどうかもわからない。だけど、それが初夜なんでしょう？」

「そう、それが初夜」

「だったら、したい」

ロージーはまたペニスに触ってみる。

うん、熱い。その熱さがなんだか頼もしい。

「あなたと初夜がしたいの。それ以外のことは、わたしにはわからない。あなたにまかせたから、あなたのいいようにしてほしい」

「かわいいな」

ジュリアーノが目を細めた。

「じゃあ、いいようにする。おまえはただ感じていればいい」

ジュリアーノはロージーの手をそっとペニスから離す。

「これを膣に入れる。痛かったら痛いって言え。俺がどうにかする」

「痛い…の…？」

それはちょっと…怖いかな…。

「痛くなくするようにがんばるから、おまえは体の力を抜いて俺を信じててほしい。そうした方が痛みがないと思う」

「わかったわ」

すべてをまかせるし、信じてる。

ジュリアーノがペニスをそっと蜜口に当てた。

「熱い…っ…」

手で触ったときよりもはるかに熱く感じる。

「おまえの中も熱い」

ジュリアーノがぐるりと指を回してから、そっと抜いた。ぬちゅり、と音がする。

「これだけ濡れてれば大丈夫かな」

からかっている口調ではない。少し心配そうな声色。

「ねえ」

ロージーはジュリアーノの頬をそっと触った。

「あなたが不安だと、わたしはもっと不安よ」

「そうだな。おまえの言うとおりだ」

ジュリアーノが顔をほころばせる。

「いい嫁をもらった」

「まだよ。結婚式はもうちょっと先。それまでは婚約者」

「いちいちうるさいな」

ジュリアーノが楽しそうに笑った。

よかった。いつものジュリアーノだ。

「じゃあ、入れるぞ」

ジュリアーノがぐっと腰を押し進めた。蜜口を開いて、ペニスが入ってくる。

「…っ…!」

これまでにない大きさと重量感で息がとまりそうになった。

「深呼吸しろ」

ジュリアーノがやさしい表情でロージーを見ている。

それだけでほっとする。

ロージーは大きく息を吸って、それから吐いた。吐いた瞬間に、ペニスが奥に進められる。

「ん…っ…!」

「痛いか?」

「痛くは…っ…ない…けど…っ…」

ロージーはぎゅっとベッドシーツを握った。

「変な…感じ…っ…」

これまでの道具とか指とかとはちがう。きちんと、ペニスがそこにある、とわかる。膣がいっぱいに広がって、ペニスを包みこんでいるのも感じられる。

「痛くないならよかった」

ジュリアーノがロージーの手をとった。

「な…に…?」

「ここに回しておけ」

その手を自分の肩に導く。

「もしくは背中でもいい」

手がジュリアーノに触れた瞬間、なんだか楽になった。ジュリアーノの温《ぬく》もりが、ロージーを安心させてくれる。

わたしはこの人が本当に好きなんだ。

そう思った。

もっとくっつきたくて、ロージーはジュリアーノの背中に手を回した。

「お、いいな。おっぱいが当たって気持ちいい」

「バカ！」

すっかり、いつものジュリアーノだ。

「そんなバカを好きになってくれてありがとう」

ちゅっとキスをされて、ふわふわと心が温かくなる。

わたしも十分にバカ。

「まだ半分ぐらいしか入ってないから、がんばれ」

「…え」

これで半分…？

「そういう顔もかわいい」

もう一度キスをされて、ジュリアーノがゆっくりとペニスを埋め込んでくる。膣の中が浸食される感じ。

でも、痛くはない。

いやでもない。

とても残念なことに、気持ちよくもない。

だけど、これがしたい。

全部入れてほしい。

ペニスがすべて中に入ったときには、二人ともうっすら汗をかいていた。

「入った……」

「入った……の……？」

「ああ、入ったよ」

ジュリアーノが微笑んで、ロージーもそれに応えるように微笑む。

「これで……初夜はおしまい……？」

ジュリアーノが目を丸くして、それからふきだした。

「そうか。本当に何も知らないのか。うん、でも、それがいい。全部、俺のものって感じがして」

「全部、あなたのものよ」

わたしはすべて、あなたのもの。

「いい子だ」

頬をなでられて、キスをされる。

キスでこんなに満たされた気分になるなんて知らなかった。

「これからペニスで膣をこすって、おたがいに気持ちよくなって、おたがいにイッたらおしまい…なんだが」

ジュリアーノが、うーん、と肩をすくめた。

「どうも、おまえはまったく気持ちよさそうじゃないな」

「痛くないだけいいわ」

嘘はつかない。

だから、気持ちいい、とは言えない。

「やっぱり、開発が足りてなかったな。だけど、これからだ。この先、何回も何回もしているうちに、入れただけで気持ちよくしてみせる」

「そうならなかったら?」

ちょっとだけ意地悪な気持ちになって、そう聞いてみた。

「なるに決まってるだろ。俺だぞ」

にやり。

自信家なジュリアーノがとても愛《いと》おしい。

まさか、そんなふうに思うようになるなんて。

「いまも気持ちよくなってくれると…あ、そうだ！」

ジュリアーノが何か思いついたらしい。

「どうなるかはわからないが、とりあえずやってみよう。動くぞ」

「どうぞ」

ジュリアーノが腰を引く。膣いっぱいにペニスが埋め込まれているので、そうされると膣がこすられるのと同時にぐっと引っ張られるような感覚が襲ってきた。

なんか…むずむずする。

ジュリアーノがまたペニスを押し入れる。

「んっ…」

「痛みは？」

「ない…けど…変な…感じ…っ…」

「どんな？」

「ぞわぞわ…むずむず…？」

「いやな感じではない？」

「いやでは…ないかな…」

それもよくわからない。

「そっか。もうちょっとでどうにかなりそうなのかもしれない。というわけで、クリトリスを触るぞ」

「……え？」

クリトリス？

「あそこなら気持ちよくなれる。クリトリスのおかげでも、この行為が気持ちいいと思えたら、きっともっと快感を覚えられる…ような…気がしなくもない…」

どうやら、自信はなさそうだ。

でも、ジュリアーノにまかせると決めた。ジュリアーノが最善だと思うなら、それでいい。

「やってみよう」

「ねえ、いつもこんなふうにしてるの？」

性行為の最中にたくさん話して、相談して。

なんだかもっと、暗闇の中でひっそりと、なイメージだったから、全然ちがっておもしろい。

「こんなふうって？」

「おしゃべり」

「ああ」

ジュリアーノが笑う。

「そういえば、たくさんしゃべってるな。いつもは無言でおたがいの欲望をぶつけあうだけだ。こんなに気を使って、気持ちよくしたい、と思うのはおまえがはじめて。だから、不安だったら聞く。そうか。性行為の最中にしゃべるっていうのも新鮮だな」

ジュリアーノもなんだか楽しそうだ。

「そうなのね」

自分が特別なのだ、と思えることはとても嬉しい。

「おまえは俺の特別だから」

言葉に出してもらうと、もっと嬉しい。

「ありがとう」

だから、ちゃんとお礼を言う。

「あなたもわたしにとって特別よ」

そういうこともきちんと伝える。

言葉は大事。

「当たり前だろう」

うん、ジュリアーノはそれでいい。ずっと自信満々でいてほしい。

自信家のいいところを教えてやる、みたいなことを初対面に近いころに言われた。

いいところなんてあるわけがない。そういう人は大っきらい。

あのときはそう思っていた。

でも。

ジュリアーノが自信たっぷりだと安心する。まかせて大丈夫だと思える。

ジュリアーノが、できる、と言ったら、それはできるのだ。

だから。

「ねえ、気持ちよくして？」

そう頼んでみる。

「努力はする」

ほらね。完全なる自信がないとうなずかない。

やっぱり、頼りになる。

そして、心から信じられる。

「お願いね。わたしにできることはある？」

「俺のことを好きでいてくれたら、それでいい」

その言葉に胸がきゅんとする。

こんなことを言われると、もっと好きになってしまいそう。

「それならできるわ」

だって、ジュリアーノのことが本当に好きだもの。

んとする。

「よかった」

ジュリアーノがにこっと笑って、唇をそっと重ねてきた。そのやさしさに、もっと胸がきゅ
この人が好き。

何度でもそう思う。

ジュリアーノの手が肌を滑って、足の間に入ってきた。ロージーはその動きに集中する。

割れ目をなぞられて、甘い声がこぼれた。

「あ…っ…ん…」

「ここも濡れてる」

ジュリアーノが嬉しそう。濡れてて喜んでくれるなら、どれだけ濡れてもいい。

割れ目に沿って指が動き、クリトリスに近づいていく。

つん。

クリトリスをつつかれた瞬間、ロージーの体が大きくのけぞった。

「はぁ…ぁ…ん…っ…！」

「やっぱり、ここは感じるんだな」

ジュリアーノがほっとしたようにつぶやくと、ペニスをずるりと引き抜く。

「ん…ぁ…っ…」

クリトリスをやわらかくなでられながら、ペニスを出し入れされた。ぐちゅぐちゅと膣の中の濡れた音が大きくなる。

「ひ…ん…っ…」

小さな火花みたいなものが体中をはぜていく。快感の芽みたいなものなんだろうと思う。

クリトリスをつままれて、それと同時に一気に奥まで貫かれた。

「あぁ…っ…あ…っ…あ…ぁ…っ…」

びくん、びくん、と体が震える。

ペニスの先端で膣の中をつつかれて、膣も、びくびく、と震えだした。

「あぁ…ん…っ…あっ…ひゃ…ぁ…」

ペニスが抜き差しされるたびに膣がうねるようになった。ジュリアーノのペニスにまとわりつくようにうごめく。

「どう…だ…?」

ジュリアーノも余裕がないのか、声がかすれている。

「…いい…っ…」

我を忘れるぐらいに快感が襲ってくる、とかではないけれど、十分に気持ちいい。

「それはよかった…」

ジュリアーノはにこっと笑って、腰の動きを少し速くした。クリトリスへの愛撫《あいぶ》もそれに連動するようにちょっと激しくなる。

「んぁ…っ…ふ…っ…ん…」

じゅぶじゅぶと膣からはひっきりなしに音がこぼれて、ジュリアーノがペニスの出し入れを繰り返す。

抜かれて、入れられて、膣がこすられて。

クリトリスは最大の快感を引き出すぐらいの強さでいじられて。

「あ…ジュリア…ノ…っ…イキ…そっ…」

膣の震えが激しくなってきた。体の奥から快感がわき起こってくる。

「本当か!」

ジュリアーノがとても嬉しそうだ。

かわいいな、とふいに思った。

これまでいろいろなことをジュリアーノに対して感じてきたけれど、かわいいと思ったのは、たぶん、はじめて。

「うん…イク…と…思う…っ…あぁ…っ…ん…ひっ…」

ジュリアーノの動きはますます速くなった。さっきまでが精一杯じゃなかったことに驚きながらも、ロージーは身をゆだねる。

ジュリアーノにまかせておけば大丈夫。

ぐちゅん、ぐちゅん、ぐちゅん、ぐちゅん。

ペニスが出入りする回数が増えると、濡れた音も激しくなった。

「あ…あ…あ…あぁぁぁぁ…っ……！」

終わりは唐突に訪れた。膣がぎゅうっと縮んだと感じた瞬間、なんの前触れもなく絶頂が襲ってくる。

逆らわなかった。我慢もしなかった。

ロージーは体を跳ねさせながら、イッた。

「イッたんだな…」

ジュリアーノにもそれは伝わったらしい。とても満足そうなため息をついたあと、また動きはじめる。

「俺も…イク…」

ジュリアーノもすぐに絶頂を迎えたらしい。どくん、と中に何かが当たって、ジュリアーノのペニスが硬度と大きさを失った。

なるほど。男の人がイクとこうなるのか。

ロージーはジュリアーノの頬に手を当てる。

「気持ち…よかった…？」

ロージーが気持ちよかったように、ジュリアーノもそうであってほしい。

「すごくよかった…」

ジュリアーノがロージーの上に体を重ねた。さっきよりも、もっと汗ばんでいる。

「あと、すっげー疲れた！」

「疲れたの？」

ロージーはジュリアーノにぎゅっと抱きついた。

こうやって肌が触れていると安心する。

「だって、ロージーのことを気づかいつつ動いてたから。これまで、俺は自分勝手なことばかりしてたんだな、と思った。これまでの相手にはとても申し訳ないし、その反省はロージーにしか活《い》かせない。あ、こういうことは聞きたくないか。悪かった」

「なぜ？」

なるほど、と感心していたぐらいなのに。

「俺の過去に嫉妬するだろう、普通は。俺のことが好きなんだから、どうして、わたし以外の人と！　ってなるはずなんだ。なれ！」

まるで駄々《だだ》っ子みたい。

うん、やっぱりかわいい。

「嫉妬する気持ちも少しはあるけど、過去は過去で変えようがないし、未来がわたしのものならそれでいい。それに、わたしはあなたについてのいろんな話が聞きたいの。性行為のことだって、とても興味深いわ」

「なんつーか、こう…」

ジュリアーノが肩をすくめた。

「将来、尻に敷かれそう」

「そうかしら。自信家さんは負けないんじゃないの？」

「その自信を受け入れつつ、どうしてか、おまえの方が上に立つのが想像できる」

「それはそれで楽しくていいじゃない」

ふふっ、と笑ったら、まあな、とジュリアーノもうなずく。

「おまえと一緒だったら、なんでも楽しい」

「嬉しい。わたしもあなたと一緒なら、なんでも楽しいと思うわ」

これから先、長い長い時間がある。

その間に楽しいことをたくさん見つけていきたい。

「さて、初夜が終わった。あとは結婚式だ」

「順番が逆じゃない？」

「おまえが、それでいい、って言ったんだろうが」

ジュリアーノが大きな声で笑った。

「うん、それでよかった。とてもすばらしい初夜だったわ」

「俺も同感だ。寝るか」

「ここで一緒に？」

「いやか？」

「明日、起こしにきた子はなんて思うでしょうね」

「お二人がお幸せそうでよかったわ！　だと思うぞ」

「きっと、そうね」

ミンディでもソフィアでも喜んでくれるはず。

ジュリアーノがロージーの上からどいて、ベッドに横になった。ロージーを抱き寄せて、腕枕をしてくれる。

ロージーはジュリアーノにぴったりくっついた。

温かくて、心地いい。

「おやすみ」

「おやすみなさい」

唇を合わせてから、目を閉じる。

すごく幸せ、と思った。

もしかしたら、人生で一番幸せな瞬間かもしれない。

「きれいよ」

ロージーの母親が目を潤ませた。

「ありがとう。このドレス、とても気に入ってるの」

ここは花嫁の控室。今日は結婚式だ。

父親はバージンロードで待っている。そして、その先には愛《いと》しい人がいる。

「あなたがちゃんと愛する相手と結婚できてよかった。ジュリアーノはとてもいい人ね」

「ええ！」

手紙を書いたときとはちがい、いまは心からそう言える。

両親がこの国に来て三日間、ずっと三人で過ごした。たまにジュリアーノは顔を出してくれたけど、基本的には放っておいてくれた。

そういうところも、とても好きだと思う。

ジュリアーノに恋をしていると気づいてからは、好きなところばかりが増えている。

「さ、行きましょう」

母親が立ち上がった。ロージーも鏡で自分の姿をもう一度だけたしかめてから、部屋を出る。

ミンディとソフィアが外で待っていてくれた。二人とも涙ぐんでいる。

いい使用人にも恵まれて、これからの生活になんの不安もない。

身内だけの結婚式が終わったら、お城の庭に駆けつけてくれた大勢の国民にあいさつすることになっていた。

それがちょっとだけ緊張するけれど、ジュリアーノがいてくれるから大丈夫。

そう信じられる。

母親と連れだって、すぐ隣の結婚式場に向かった。オルガンの曲が流れている中で、ミンディとソフィアが結婚式場のドアを左右から開いてくれる。

母親はロージーの肩をポンとたたくと、先に中に入った。ドアのすぐ向こうには父親が立っている。

「美しいな」

父親の目も少し濡れていた。

両親にとても愛されているんだな、と胸がいっぱいになる。

結婚式場にはたくさんの人。知った顔などほとんど…、あ、いた。マッテオとエレーナだ。

エレーナがにこにこと手をふっている。マッテオが、ぺこり、と頭を下げた。

あれ以来、会っていない。だけど、どうやら、うまくいっているらしい、という話はジュリアーノに聞いた。

よかった、と心から思う。

かけちがえたボタンはもとに戻った。彼らにはうんと幸せになってほしい。

でも、ほかは知らない人ばかり。どうやって見られているのかを考えると、少し緊張してきた。

ロージーは深呼吸をすると、父親と腕を組んで真っ白な絨毯《じゅうたん》を歩いていく。その先には真っ白なタキシードを着たジュリアーノがいる。

あまりにも似合いすぎて、かっこよすぎて、小さな吐息が漏れた。

この人はいつだって本当にすてきだ。

ゆっくり歩いたのに絨毯は終わり、父親がジュリアーノにロージーを引き渡す。ジュリアーノが微笑んだ。

「とてもきれいだよ」

「あなたこそ、とてもかっこいい」

「ありがとう」

「わたしこそ、ありがとう」

にこっと笑ったら、緊張が少しとけた。

「ロージー」

「なあに？」

「愛してる」

「わたしも愛してる」

結婚式でも誓う愛の言葉を、その前に。
それだけで、胸がほわほわしてきた。
これから先に待っているのが何かはわからない。
だけど、幸せになれる、と信じている。
この人と。
わたしの愛するあなたと。

運命の人がいるとしても。
はじめて見たときにわかるとはかぎらない。
時間をかけてわかっていく。
そんな関係もある。

幸せな結婚がしたい。
ずっと思い描いていたその願いは叶った。
運命の相手と。
気に食わなかった自信家と。
それが幸せ。

あとがき

はじめまして、または、こんにちは。森本あきです。

蜜猫さんは本当にひさしぶりになります！　楽しいお話を書けたかな、と思いますので、読んで楽しんでいただけると嬉しいです。

さて、とても私的なことになりますが（あとがきって、そういうものじゃないのか）、作家生活二十五周年を迎えました！　デビューしたときには、まさか二十五年後も小説を書かせていただいているとは思っていなく…っていうか、二十五年も書いているのか…。え、計算したら、私のデビュー年、めっちゃ若くない？　どうりで、初期はいろんな担当さんに、若い、若い、言われてたはずだわ。

そんな私も立派なベテランとなりまして、文章力は特に向上せず、書いている内容も特に変わらず、以前よりも集中力はなくなり…よく使ってもらえてるな。いまお仕事をくださるみなさまに大変感謝しております。

今後、新しく配信で出してくださるところも増えるので、それも楽しみです！

そんな二十五周年を記念して、ツイッターを開設しました！　とはいえ、私は特になんにもやっていなくて、管理してあげるよ、と言ってくださった方に丸投げしております。たまに私がつぶやいたり、これまで出した小説の番外編を書いたりしてますので、ぜひフォローしていだけると！　いまのところフォロワーが全然いなくて、あれ？　本はそれなりに（あくまで、それなりに！　そうじゃないと、さすがに本を出してもらえない）売れてるはずなのに、もしかして、私ってまったく人気がない？　本文よりあとがきのがおもしろい、と言われていたこともあったのに（それもどうよ）、ツイッターの需要はない？　と不安になっています。どうか、フォローをよろしくお願いします。ほとんどつぶやかないので、邪魔にはならないかと！

全然セールスポイントじゃないんですけども。

昔は、ツイッターなんて絶対にやらない！　だって、私のことだから失言しまくる！　と思っていたし、各社担当さんにも、絶対にやめてください！　と言われていたんですけれど、やはり、この情報化の時代、なんにも発信しないと宣伝もできないんですよね。本当はサイトを復活させようかと考えていたんですけれど（あれも本職がウェブなんとか（それぐらい知っておけ）な妹に丸投げして作ってもらいました。人様の好意だけで生きています）、いまどき、パソコンじゃなくてスマホでごらんになるじゃないですか。パソコンで見ると、別に普通なんですよ。でもマホで見ると…

エロ広告のオンパレード！　エロ広告とサイト、どっちがメインかかわからない！　ついでに、だれかがその広告踏んでも私になんの得にもならない！　あと、当たり前だけど、怪しいものは踏まないでくださいね！

みたいなことになっていて、さすがにこれを復活させるのは、ということで、そのまま見なかったふりをすることにしました。サイト復活を期待してくださっていたみなさま、すみません。いないでしょうけど。最後の更新なんて、いったい何年前だか。母親に、「あんた、いいかげん、サイトの日記ぐらい更新しなさい」と心配されていた過去の日々。あの年代にしてはめずらしく母親もパソコンに強いんですよ。その母親もすっかりあきらめていますので、ご安心ください。なんの話だ。

でも、日記みたいなのを書くのは好きなので、エッセイの仕事があれば、お気軽にご依頼ください。このあとがき読んで、だれが頼むというのか。

そして、ツイッターを始めます、といろんな担当さんに連絡したら、あんなにみなさん反対していたのに、よかったです！　いまはそういうので宣伝した方がいいんですよ！　と喜ばれて、あのときの、やめてください！　はなんだったのか、と遠い目になりました。それほど、ツイッターが宣伝やほかのことに気軽に使われるようになったんですよね。文化の発展はすごい（話を壮大にするな）。

ああ、そうそう！　自分のツイッターを探そうとして検索してみたら、「森本あき」って結構いるんですね！　何人か出てきて、びっくりしました！　なんだろう、あんまり普通の名前じゃないと思っていたんですよ。でも、よく考えたら、本名をもじってるんだから、よくいて当たり前か。白薔薇花冠みたいな名前にしておけば、自分しか出なかったかもしれないのに。もし、本当にこのペンネームの作家さんがいたらすみません。即興で考えておいてなんですけど、花冠って名前、かわいくないですか？　改名しようかな（やめとけ）。

それと同時にnoteにこれまでの著作物リストを作ったり（鋭意制作中！　いつになるかはまったく不明！）、pixivにも番外編をあげたりしていますので、ツイッターからたどってみてください。そっちも管理してくださる方に丸投げです。丸投げの人生。自分で何かをやるつもりはないのか。

いつまで、このお仕事ができるかわかりませんが、書けるうちは書いていきたいですし、あと原作とかやりたい！　そして、こっそり別名でエロのみの小説とか書いて発表したい（商業誌では書けないようなやつ）など、今後もやりたいこと、書きたいものはたくさんあります。

小説家になりたいと思い、本当になれて、いまもそうであれることがとても幸せなので、これからもがんばって小説家でいたいな、と思っています。

二十五年間つきあってくださってる方も（いらっしゃるなら、本当にありがたいです！）、途中からおつきあいしてくださってる方も、途中で離れてしまった方も、みなさんが一冊でも読んでくださったから、いまの私があります。

今後もよろしくしてくださるなら、こんなに嬉しいことはないです。

わ、真面目！

二十五周年なんて一回しかないので、きちんとお礼を言えてよかったです。


さて、お礼といえば、こちらの方々にも！

挿絵を描いてくださったのは、ことね壱花先生！　初顔合わせですが、とてもすてきな絵をありがとうございました！　機会があれば、今後ともよろしくお願いします。

ＴＬを書いてみませんか、とお誘いしてくださった担当さんには、感謝しかないです。これまでもたくさんの作品をともに作ってきましたが、これからもできるだけたくさんの作品を作っていけるといいなと思ってます。よろしくお願いします。

とりあえず、二十六周年目も本は出ますので、そちらも見かけたら手にとってみてください。

また、どこかでお会いしましょう！

森本あき

Mitsuneko Label

蜜猫文庫をお買い上げいただきありがとうございます。
この作品を読んでのご意見・ご感想をお聞かせください。
あて先は下記の通りです。

〒102-0075 東京都千代田区三番町8番地1 三番町東急ビル6F
(株)竹書房　蜜猫文庫編集部
森本あき先生／ことね壱花先生

顔は極上のクズな王子様は初夜のための花嫁開発に熱心です 溺愛だけはあるらしい

2022年6月29日　初版第1刷発行

著　者　森本あき

発行者　後藤明信
発行所　株式会社竹書房
〒102-0075 東京都千代田区三番町8番地1 三番町東急ビル6F
email : info@takeshobo.co.jp
デザイン　antenna
印刷所　中央精版印刷株式会社

森本あき
Illustration 旭炬
新妻はみだらに濡れる
いや、とか言いながら、
欲しいんだろ。
父の莫大な借金を返すため、大金持ちとの結婚を決めたエミリア。式場で初めて会う夫、ガイアスの美貌に意表を突かれるも彼は指輪を投げてよこすような粗野な男だった。幻滅と屈辱を感じるエミリアだが、新婚初夜、楽しげなガイアスに身体を開かれ、執拗に愛されて悦楽の極みを覚えてしまう。「こんなエロい体、初めてだ。しばらく楽しもうぜ」毎夜、翻弄され変容する身体。夫の時折見せる優しさに惹かれるも彼には他に愛人が居て⁉

身代わり花嫁の災難
森本あき
Illustration 旭炬
俺でしか感じない
体にしてやる。
思い人のいる親友の身代わりに、隣国の王族ベンジャミンが飽きるまで彼のものになることを約束してしまったクリスティは彼の邸で毎日淫らな悪戯をされることに。「おまえはそうやって屈辱を感じながら涙ぐんでるのが一番かわいい」外見は完璧なベンジャミンに目隠しして縛られたり車の中で悪戯されたりして感じてしまい悔しがる彼女。親友の婚約が決まったら自由だと信じるクリスティに彼の行為はますますエスカレートしてきて⁉

買われた新妻は溺愛される
森本あき
Illustration 駒城ミチヲ
オレ様資産家×勝気令嬢
破産寸前の実家を救うため、ザッカリーとの結婚を承諾したヴィヴィアン。彼は美貌で有能な新興の資産家だが上流階級の古い体質をバカにしており口調も乱暴。反発するヴィヴィアンは彼と口論しては負けていやらしいことをさせられてしまう「腰を動かして、俺をイカせたら終わりだ」朝も夜も彼に悦楽を教えられて蕩けていく身体。意地悪されつつ溺愛され、ザッカリーに惹かれていくヴィヴィアンは!?　溺愛系新婚ラブコメディ。

富豪伯爵に買われました…が 甘甘…溺愛されてます…♡

森本あき
Illustration 旭炬

きらいな男に嫁入り？
初夜がすんだら取引成立!?

実家の男爵家が突然落ちぶれたテレサは、病気の母のため富豪伯爵のジェイコブに買われることになる。「感度がいいな。キスだけで腰が砕けるほど感じるとは」自分のものにはやさしくするというジェイコブの手で、初めてなのに激しく乱されてしまうテレサ。毒舌だが頭がよく、テレサの家族のことも気遣ってくれるジェイコブに次第に惹かれていくが、ジェイコブの正妻の座を狙う彼のいとこ、キャロラインが悪巧みをしていて!?

氷の覇王に攫われた憂いの姫は
溺愛花嫁になりました♡
幸せ甘々新婚生活
小出みき
Illustration Ciel

…じゃない方の令嬢なのに
王子に求婚されてしまいました!?
七福さゆり
Illustration 旭炬
天使（?）みたいな王子様
×純情令嬢
公爵令嬢リジーは姉とお似合いだと噂されるマリウス王子から突然、求婚される。その後、姉が別の相手との結婚を決めたので彼女とのことはマリウスの片想いだったのかと思ったリジー。自分でマリウスを幸せにすると決意し婚約を結ぶも、彼はそれ以上に彼女を甘く溺愛してくる。「ここが気持ちいいんだね。たくさん触らせて」以前から恋していた人との夢のような日々。だがマリウスの弟王子がリジーに意味ありげに近付いてきて!?